Tres sombreros
de copa

Clásicos Hispánicos

DIRECTOR
Francisco Antón

ASESOR
Manuel Otero

CLÁSICOS HISPÁNICOS

Miguel Mihura

Tres sombreros de copa

Edición, introducción y notas
Fernando Valls

Estudio de la obra
Delmiro Antas

Ilustración
Francisco Solé

Vicens Vives

Primera edición, 1998
Primera reimpresión, 2001
Segunda reimpresión, 2003
Tercera reimpresión, 2004

Depósito Legal: B. 30.103-2004
ISBN: 84-316-4522-9
Nº de Orden V.V.: S-543

IMPRESO EN ESPAÑA
PRINTED IN SPAIN

Editorial VICENS VIVES. Avda. de Sarriá, 130. E-08017 Barcelona.
Impreso por Gráficas INSTAR, S.A.

ÍNDICE

INTRODUCCIÓN

TRES SOMBREROS DE COPA

ESTUDIO DE LA OBRA

MIGUEL MIHURA (1905-1977)

INTRODUCCIÓN

LAS PARADOJAS DE MIHURA

«Soy bueno y malo, perezoso y activo, simpático y antipático, triste y alegre, francófilo y germanófilo, modesto y vanidoso, tonto y listo. Soy, por lo tanto, como esos discos de gramófono, que por una cara tienen grabada una dulce melodía y por la otra cara una tabarra. Y todo depende de que se acierte a colocarme de un lado o de otro en el tocadiscos». Con estas paradójicas palabras se describía a sí mismo ese curioso personaje que fue Miguel Mihura, quien tenía fama, además, de desencantado y huraño, de crédulo («¡Ah! ¿Sí?», era una de sus muletillas frecuentes) y de soltero impenitente. Aunque se consideraba un hombre tímido y parece que se sentía algo acomplejado por su cojera, Mihura ejerció de donjuán con cierta fortuna, pues incluso llegó a mantener una relación amorosa con Sara Montiel. Él mismo reconoció haber tenido suerte con las mujeres: «He vivido una vida muy intensa, he conocido todos los ambientes y he sido […] un golferas de cuidado. Y como a mí lo único que me gustan son las mujeres…». Sus preferencias, no obstante, solían decantarse por lo que López Rubio llamó «muchachitas alegres». De su mal carácter, por otro lado, ha dado cumplido testimonio Edgar Neville, quien lo describió como un hombre que «gruñe todo el tiempo, se enfada contra esto y contra lo otro y contra lo de más allá y se pelea absurdamente con amigos que ha tratado desde hace mucho tiempo».

Mihura era capaz de declarar sin rubor que le aburrían los clásicos españoles —como Lope de Vega, Valle-Inclán o Benavente— y que prefería, en cambio, a un autor de sainetes como Arniches, e incluso a dramaturgos de tan escaso relieve como Muñoz Seca, García Álvarez y los hermanos Quintero, autores de un teatro hu-

Miguel Mihura despide a Sara Montiel poco antes de su viaje a Estados Unidos.

morístico popular. De estos últimos y de Jardiel Poncela aprendió «cómo se mueven los personajes en escena. Cómo se dirigen. Cómo deben estar colocados para que las frases tengan más efecto y más valor, y el público […] no se pierda ni una réplica […]. Y de qué modo se impide que un actor distraiga al público con algún gesto o movimiento cuando está hablando otra figura». Aunque alcanzó un dominio extraordinario del lenguaje dramático, Mihura escribió en cierta ocasión que no le gustaba escribir («me parece una ocupación sin ningún sentido»), ni tan siquiera asistir al teatro: «me fastidia estar sentado junto a un señor o una señora a los que no conozco de nada y que celebran con grandes aspavientos cosas que a mí no me dicen nada». Tampoco apreciaba demasiado la poesía, por más que en sus memorias Mihura se considere a sí mismo un poeta: «el humor», escribe, «es el género literario al que se suelen dedicar los poetas cuando la poesía no les da suficiente para vivir». Si como dramaturgo prefirió a los cómicos antes que a los autores, como lector mostró su predilección por aquellos libros que pudieran quitarle «dos horas de sueño», como le ocurría con el género policiaco. En realidad, bastaría un solo dato para demostrar la singularidad de sus gustos literarios: mientras que las novelas policiacas de George Simenon le entusiasmaban, las obras de Ionesco le parecían pesadísimas.

A Mihura debió de sorprenderle que su reconocimiento literario le llegara, sobre todo, por *Tres sombreros de copa*, la obra que menos ingresos y más disgustos le proporcionó, aunque fuera la que había escrito con mayor ilusión y entusiasmo. Desde su estreno se han sucedido las ediciones y no ha dejado nunca de leerse, convertida en un clásico del teatro español del siglo XX. Que su obra más compleja e incomprendida, por sus ribetes vanguardistas, sea hoy la más leída y apreciada, es una más de las paradojas de ese singular escritor que fue Mihura.

BIOGRAFÍA. TRAYECTORIA ARTÍSTICA Y LITERARIA

Nació Miguel Mihura Santos en Madrid el 21 de julio de 1905. Su padre, Miguel Mihura Álvarez, fue actor, autor y empresario teatral; como intérprete gozó de éxito y popularidad en los papeles cómicos que solía representar; como autor escribió zarzuelas, comedias y alguna opereta, a menudo en colaboración; como empresario teatral no tuvo excesiva fortuna. Mihura describió a su padre como un hombre de una simpatía arrolladora, guasón, con «ángel», con una gracia muy andaluza.

Según él mismo recuerda, Mihura no jugaba de niño con soldados de plomo, sino con pelucas y disfraces de teatro, pues a menudo su padre lo llevaba consigo al camerino, donde el muchacho se quedaba fascinado ante los ojos pintados y los senos opulentos de las tiples de la compañía, quienes lo mimaban y besuqueaban. Así, desde muy pequeño se familiarizó con las giras y con la vida irregular y bohemia de los hombres y mujeres de la farándula, por la que sentía una atracción irresistible.

Sólo tuvo un hermano, Jerónimo, que era mayor que él. Ambos estudiaron en el selecto colegio de San Isidoro, de Madrid. Poco inclinado a los estudios, Miguel superó el bachillerato con al-

gunas dificultades; posteriormente estudió piano, idiomas y dibujo. Pero acabó trabajando, en 1921, en la contaduría del Teatro
Rey Alfonso, donde conoció a autores como Muñoz Seca y Carlos
Arniches y donde se dedicaba, entre otras cosas, a leer obras del
teatro francés contemporáneo, con el propósito de encontrar nuevos autores (le interesaron mucho Marcel Achard y Marcel Pag-
nol) que pudieran representarse en el local en el que trabajaba. Su
ídolo entonces, sin embargo, era Enrique García Álvarez, dramaturgo al que consideraba «el más desorbitado, el menos burgués,
quizás el maestro de los que después empezamos a cultivar lo disparatado». En 1925, al morir su padre, abandonó momentánea-
mente el negocio teatral, que siempre consideró como su auténti-
ca vocación y el oficio para el que de verdad estaba preparado. La
experiencia de estos años y su relación directa con todas las facetas
del hecho teatral —tanto literarias como económicas— serán decisivas para su futura vida profesional. Quizá por eso Mihura nunca pretendió ser un literato, un autor intelectual de minorías, sino
un *hombre de teatro* que aspiraba simplemente al reconocimiento de
un público muy amplio para poder así vivir de su propia obra.

El camino hacia un humor «disparatado»

En los años veinte Mihura frecuenta las tertulias de la Granja del
Henar y de Pombo e inicia sus colaboraciones en periódicos y revistas en calidad de dibujante, cuentista y articulista. A partir de
1925, con los seudónimos de *Miguel Santos* —compuesto por su
nombre y su segundo apellido— y de *El conde Pepe*, forma parte de
las redacciones de las llamadas revistas galantes, como *Muchas gracias*, *Flirt* y *Cosquillas*, y del semanario *Buen humor* (1927-1931).
En esas publicaciones colaboraban, junto a veteranos como Pérez
Zúñiga, Julio Camba o Gómez de la Serna, un grupo de jóvenes
escritores muy atentos al tipo de humor que se cultivaba en algunas revistas europeas.[1]

---

1 Lázaro Carreter ha ejemplificado ese tipo de humor con una viñeta apare-
cida en *La Voz*, semanario que publicaba una página dedicada a los chistes
europeos; en ella, un galán y una damisela emperifollados pasean por un
parque, con este pie: «"Yo me llamo Etelvina. ¿Y usted?" "Yo no"».

En 1927 empieza a trabajar para *Gutiérrez* (1927-1935), un semanario dirigido por el caricaturista *K-Hito* en el que Mihura publicaba un artículo y una historieta semanales que le eran espléndidamente retribuidos. Esta experiencia fue muy importante para su formación: «Yo me hice en *Gutiérrez* como escritor y como dibujante, y aprendí de *K-Hito* lo que luego puse en práctica en *La ametralladora* y en *La codorniz*. Aprendí a trabajar como capitán de un equipo; a reunir a mis colaboradores, casi diariamente, y a darles instrucciones y consignas que ponían en práctica sobre la marcha; aprendí a orientarles y a dirigirles». El conocimiento de los trabajos de Mihura en esta época (dibujos, cuentos, artículos, etc.) es imprescindible para valorar adecuadamente *Tres sombreros de copa*, pues muchos de ellos comparten su visión del mundo, su estilo y su léxico, así como la ridiculización de los tópicos y convencionalismos de la pequeña burguesía.

La obra de Mihura hay que enmarcarla en el contexto de los movimientos de vanguardia y de la ruptura con la tradición realista que caracterizó a los autores de la llamada «**la otra generación del 27**»: Jardiel Poncela, José López Rubio, *Tono* y Edgar Neville. Todos ellos cultivaron lo que este último denominó «humor desorbitado» o «humor puro»; compartieron, además, el magisterio de Ramón Gómez de la Serna,[2] la admiración por Camba y Fernández Flórez —a quienes consideraban sus precursores en el cultivo de este tipo de humor— y la fascinación por Pierre Cami, por el humor de la revista francesa *Le Chat Noir*, por los humoristas italianos que colaboraban en revistas como *Settebello* y en el semanario milanés *Bertoldo* (*Pitigrilli*, Dino Segre, Giovanni Mosca, Guareschi o Carlo Manzoni) y por dibujantes como Novello o el rumano Saul Steinberg. Los miembros de esta generación de humoristas españoles participaron en las mismas tertulias y colaboraron en las mismas revistas, en las que cultivaron el cosmopoli-

---

2 Del magisterio que Ramón ejerció sobre los jóvenes escritores existen numerosos testimonios. Me limitaré a aportar dos: «Gómez de la Serna nos había abierto el mundo, hasta él inédito, del verdadero humor, o sea, aquel en que a la sátira y a la pirueta imaginativa se une una fuerte dosis de poesía» (Edgar Neville); «Ramón, como un mago, nos colocó en las narices las gafas del cine en relieve, y nos hizo ver las cosas y los hombres de un modo distinto a como los veíamos anteriormente» (Miguel Mihura).

tismo cultural y un humor renovador, de evasión, mediante el cual se burlaban de los tópicos, de la estupidez y de la estrechez de miras de las convenciones burguesas; se interesaron por el cine —algunos llegaron incluso a trabajar en Hollywood— y aceptaron el régimen de Franco, en el que nunca se sintieron cómodos y en el que a casi ninguno le fue bien.

En 1932 remata Mihura *Tres sombreros de copa* y se la lee a amigos, escritores, actores y empresarios. A unos pocos les gustó mucho, pero la mayoría no entendió la obra ni se interesó por ella. De modo que, a pesar de las promesas que el autor obtuvo del empresario Manolo Collado, la obra se quedó sin estrenar. Después, durante la guerra civil, Mihura se la leyó en el San Sebastián nacional a un grupo de amigos, entre los que se encontraban *Tono*, Conchita Montes y Edgar Neville, López Rubio y Jardiel Poncela. Pero el autor de *Eloísa está debajo de un almendro* se levantó y se fue antes de que acabara la lectura. A la actriz Isabel Garcés y al empresario Arturo Serrano les interesó la comedia, pero, tras varios aplazamientos, Mihura llegó a la conclusión de que «tenían un miedo espantoso de entrenarla en cualquier sitio». Y todo esto ocurría en 1939, cuando el humor de la obra ya le resultaba al autor «infantil, bobalicón, pasado de moda».

El caso de *Tres sombreros de copa* no es, sin embargo, excepcional en su época. No debe olvidarse que, por motivos similares, tampoco *El público*, de Lorca, pudo estrenarse en su momento, con lo que estas dos obras capitales del teatro español se conocieron y representaron muchos años después de que fueran concebidas. Esta incomprensión le produjo a Mihura un indudable desencanto que, durante unos años, lo alejó del teatro y lo acercó al cine.

En el «infierno del cine»

La dedicación al cine de Mihura se extiende de 1933 a 1951, aunque después de esta última fecha todavía participó en cinco películas más. Es probable que su hermano Jerónimo, un alto cargo de Cifesa, le influyera en su decisión de trabajar para el cine, pero en todo caso el llamado séptimo arte acabó siendo para Mihura no sólo un medio de obtener cuantiosos beneficios económicos, sino

Portadas de las revistas Muchas gracias *y* Buen humor, *en las que Miguel Mihura colaboró con los seudónimos de* Miguel Santos *y* El Conde Pepe.

que constituyó además el ambiente idóneo para entablar relaciones con bellas mujeres. En 1933 empieza a trabajar en la sección de doblaje de los Estudios CEA, como adaptador del diálogo original de las películas de la Columbia, importadas por Cifesa. Allí coincidió también con Luis Buñuel y con el jefe de montaje, Eduardo García Maroto, con quien colaboró como dialoguista en cuatro películas, que no eran sino parodias del cine de aventuras, de misterio, de terror, policiaco y de folletín.[3] En todas ellas encontramos el gusto por lo inverosímil, razón por la cual tal vez el público no las acabó de comprender, aunque fueron muy bien recibidas por la crítica.

La colaboración cinematográfica con su hermano empieza en 1935, cuando Jerónimo dirige *Don Viudo Rodríguez*, una película de cuyo guión se responsabiliza Miguel. En 1940 realizó *Un bigote*

---

3 Su primer trabajo fue para *Diplomanías*, una película de la R.K.O., dirigida en 1933 por William Seiter, que se estrenó en Madrid en 1934. Sobre las relaciones de Mihura con el cine es imprescindible el libro de Fernando Lara y Eduardo Rodríguez, *Miguel Mihura en el infierno del cine*.

para dos, con *Tono*, que fue promocionada como una «película estúpida», en recuerdo de la sección de «Diálogos estúpidos» que ambos compartían. Colaboró también en películas de Benito Perojo, Antonio Román, Ignacio F. Iquino y Rafael Gil. Sus momentos culminantes en el cine, no obstante, se deben al doblaje de *Una noche en la ópera* (1935), de los hermanos Marx, que se estrenó en España al comienzo de la guerra civil, y a *Bienvenido Mister Marshall* (1952), en cuyo guión participó. En cualquier caso, no puede decirse que el cine lo colmara de satisfacciones, como podemos deducir de la frase desencantada con que saldó su trabajo para el séptimo arte: «En honor a la verdad y para ser justos, hay que reconocer que en la mayor parte de los casos el verdadero autor de una película es el director: se puede comprobar viendo la cantidad de películas estúpidas y sin personalidad que se proyectan».

Los años de la guerra civil. *La ametralladora*

Durante la República, Mihura se inhibió del conflicto social y político, y, al estallar la guerra civil, abandona Madrid y se instala en San Sebastián. «La zona roja», declara en una entrevista con Pedro Rodríguez, «no nos iba ni a España ni a nosotros, los españoles. Y, entonces, yo me dije, "Estos señores que se vayan a hacer puñetas. No me interesan y me voy con los otros"». En la ciudad donostiarra, entre 1937 y 1939, Mihura dirige la revista semanal de humor *La ametralladora* (cuyos dos primeros números habían aparecido en Salamanca con el nombre de *La trinchera*), subtitulada «Semanario de los soldados», donde firmaba con el seudónimo de *Lilo*. La revista, según Joaquín Calvo Sotelo, «era esperada en las trincheras con más avidez que la intendencia o la artillería». En sus páginas colaboraron Neville, *Tono*, Enrique Herreros y el jovencísimo Álvaro de Laiglesia. Según Neville, el propósito de la revista era «triturar una civilización burguesa y falsa que traía renqueando un siglo de cursilería y de convenciones, atado a los faldones del último chaquet [...]. Sátira de las novelas románticas, de los folletines, de los sonetos a la rosa de té, de las visitas de cumplido, de *María o la hija de un jornalero*, de los señores con barba y chistera; sátira del ingeniero que se casa con la mocita de

Arenales del Río, del "quiero y no puedo", de las señoras cursis; sátira del niño modelo, del famoso Juanito y del imbécil de su padre; sátira de las señoras mayores y sus conversaciones».[4]

La vuelta al teatro. Fundación y abandono de *La codorniz*

En 1939, en el Café Raga de San Sebastián, donde se reunía en una tertulia con *Tono*, Calvo Sotelo, Benito Perojo, etc., escribe al alimón *¡Viva lo imposible! o El contable de estrellas* y *Ni pobre ni rico, sino todo lo contrario*. La primera obra, escrita en colaboración con Calvo Sotelo, se estrenó en el mismo año de 1939. El fracaso que la comedia cosechó tal vez se debiera a que en ella se exhortaba a la evasión en un momento muy poco oportuno de la historia española. La segunda, que escribió con *Tono* y que no se estrenaría hasta 1943, sólo le gustó a su público incondicional. Durante la guerra civil Mihura firmó asimismo una serie de relatos, escritos también al alimón con *Tono*, con el sedónimo de *Tomi-Mito*, nombre capicúa compuesto por las primeras sílabas del seudónimo de uno y del apellido del otro. Y en 1939 publicó un relato panfletario, antirrepublicano y carente de ingenio, titulado *María de la Hoz*.

En 1941, asociado con Manuel Halcón, funda y dirige *La codorniz*, nombre que se eligió por ser el del pájaro más inocente. En la primera etapa de la publicación participaron, entre otros, Jardiel Poncela, Fernández Flórez, *Tono*, Neville, López Rubio y Calvo Sotelo. Los colaboradores cultivaban un humor abstracto con el que satirizaban tópicos y frases hechas. Mihura no pretendía hacer una revista de humor ácido sino simplemente cómica, una publicación en la que se pusiera en práctica el lenguaje que caracterizaba a los creadores jóvenes y que les permitía distinguirse de la generación precedente. *La codorniz*, escribe Mihura en sus memorias,

---

4 A los sectores más conservadores de la naciente España nacional no les gustaba el tono de la revista, y buena prueba de ello es el siguiente comentario de *Arriba España* (5/VII/1938): «Ciertas secciones habituales en el periódico de los combatientes, van a deformar, no sólo el gusto moral de nuestros soldados, sino toda su psicología honrada y simple. El mal nos alarma, porque vemos trasplantado, sin las necesarias y urgentes depuraciones, todo aquel arte, dibujo y literatura comunistoides que dieron el clima a la república española del soviet».

«tenía alegría de niño, ingenuidad de niño, candor de niño», de donde se deriva quizá la característica infantilización de ciertos personajes, tendencia coherente con las ideas que puso en circulación Ortega y Gasset en *La deshumanización del arte*.

En 1944, Mihura, cansado, vende la revista y, por sugerencia suya, pasa a dirigirla Álvaro de Laiglesia, quien le imprime un nuevo estilo. La interesante polémica que, a raíz de ese cambio de estilo, ambos mantuvieron en 1946 resulta reveladora de cómo concebía Mihura el humor. Laiglesia consideraba que el «humor poético e irreal» defendido por el fundador de *La codorniz* estaba ya agotado y resultaba poco periodístico, así que apostó por otro tipo de humor, más crítico y agresivo, sobre todo en la sección «¡NO! Crítica de la vida», lo que le ocasionó diversos problemas con la censura.[5] En la «Primera carta a Álvaro de Laiglesia», Mihura le recuerda que él es «el padre de *La codorniz*» y que la revista «nació para tener una actitud sonriente ante la vida; para quitarle importancia a las cosas [...]; para reírse del tópico y del lugar común; para inventar un mundo nuevo, irreal y fantástico y hacer que la gente olvidase el mundo incómodo y desagradable en que vivía», para reírse «de los señores serios y barbudos», ya que «sus lamentos y su indignación me producen un sueño terrible y un aburrimiento espantoso», pero, además, «con estas críticas de la vida usted no va a arreglar el mundo». Mihura, en suma, defendía un humor al margen de dogmas e ideologías, actitud que recuerda la tesis de Gómez de la Serna, para quien el humorismo no se propone «corregir o enseñar, pues tiene ese dejo de amargura del que cree que todo es un poco inútil». Álvaro de Laiglesia, en cambio, consideraba que «temas humorísticos tales como la vaca, el huevo frito, don Venerando y el señor Feliu agotaron sus posibilidades de divertir al lector y tuvieron que ser relevados».[6] Estas diferencias de criterio, junto con la habitual falta de constancia de Mihu-

---

5 «Tuve por tanto que revitalizarla», afirma Álvaro de Laiglesia, «con inyecciones de humor más real y vinculado con los temas del mundo en el que todos vivíamos» (*«La codorniz» sin jaula: datos para la historia de una revista*, Planeta, Barcelona, 1981, p. 174).

6 Véase su «Autovidorramía», recogida en *Con amor y sin vergüenza*, Planeta, Barcelona, 1964, p. 74.

Portadas de las revistas La ametralladora *y* La codorniz.

ra, debieron ser decisivas para que, a finales de 1947, nuestro autor tomara la determinación de interrrumpir definitivamente sus colaboraciones en la revista.

Cambio de rumbo

El alejamiento de Mihura del humor codornicesco se manifiesta ya en 1946, cuando se estrena *El caso de la mujer asesinadita*, comedia escrita en colaboración con Álvaro de Laiglesia, aunque ideada por Mihura. Esta obra es una reflexión sobre el matrimonio cuya novedad principal estriba en la utilización del misterio. Leída hoy —como señaló Xavier Fábregas—, llama la atención la crítica al fariseísmo de una sociedad que, antes que permitir el divorcio, estaba dispuesta a aceptar el asesinato (un «limpio asesinadito») para que los protagonistas pudieran unirse a sus nuevas parejas, sin que por ello se menoscabase en apariencia la moral imperante.

Con esta comedia Mihura inicia un nuevo periodo de su trayectoria dramática, tal y como ha advertido la crítica. De hecho, en su teatro pueden distinguirse dos etapas claramente diferenciadas. La primera se extiende desde 1932 hasta 1946, e incluye las llamadas **comedias del disparate**, que son *Tres sombreros de copa*, *¡Viva lo imposible!*, o *El contable de estrellas*, *Ni pobre ni rico, sino todo lo contrario* y *El caso de la mujer asesinadita*. Hasta 1953, como se verá, no vuelve a escribir otra comedia, estimulado entonces por el éxito del estreno de *Tres sombreros de copa*, pero también por el de *El baile*, de Neville, que Mihura consideró «una de esas pocas obras perfectas que se escriben cada diez o doce años». Las comedias de este primer periodo se caracterizan por un trasfondo ideológico que se manifiesta sobre todo en el conflicto entre el hombre y la mujer («Mi teatro», confiesa a Emilio de Miguel, «soy yo y una mujer enfrente»), conflicto bajo el cual late el más profundo entre individuo y sociedad; pero el rasgo más destacable de esas primeras obras es, por supuesto, la práctica de un humor tan subversivo como poco convencional. *El caso de la mujer asesinadita* actúa como puente entre una etapa y otra, y aporta la novedad del recurso al misterio, al crimen y a la situación de enredo, que tanta presencia tendrán en el teatro posterior de Mihura. Es posible que esa combinación de misterio y humor la heredase Mihura de Jardiel Poncela, quien había empleado la misma estrategia dramática en *Eloísa está debajo de un almendro* (1940); hay que advertir, sin embargo, que en la obra de Jardiel no se produce el enfrentamiento entre la vida burguesa convencional y la libertad de la vida bohemia, marginal y vitalista, que tanto caracteriza a Mihura. Sea como fuere, *El caso de la mujer asesinadita* significa el ingreso del autor en el terreno de la alta comedia, género que cultivará, con alguna excepción (la de *Mi adorado Juan*), en el segundo periodo de su producción, en el que predominan lo anecdótico y los efectos cómico-satíricos, costumbristas y sentimentales.

Sobre el teatro del absurdo y la poética de Mihura

Mucho se han comentado ya las posibles relaciones de las primeras obras dramáticas de Mihura con el llamado **teatro del absurdo** (término que acuñó el crítico Martin Esslin y que rechazaron los autores), el de Beckett y Ionesco. A pesar de que el clima de algunas escenas, situaciones y diálogos de sus primeras comedias puedan ser tachados de absurdos, ello no quiere decir que deban considerarse como pioneras de dicha corriente teatral. Mihura utiliza el adjetivo *absurdo* con el sentido de no realista, sorprendente, extraordinario, como lo opuesto a lo racional y cotidiano. Pero esa irracionalidad de la obra temprana de Mihura tiene su origen en el referido ambiente vanguardista y el espíritu renovador de los años veinte, que nada tiene que ver con el desesperanzado clima intelectual y moral de los años en los que se estrenan *La cantante calva* (1950) y *Esperando a Godot* (1953), ni con los propósitos existenciales y metafísicos de Beckett y Ionesco.

Lo que Mihura pretende con sus obras se expone meridianamente, sin embargo, en sus peculiares *Mis memorias* (1948), libro donde Mihura nos muestra una visión del mundo que ya se había evidenciado en sus dibujos, artículos, cuentos, comedias y guiones cinematográficos. Se trata de un texto indispensable para comprender la obra de Mihura, no sólo porque en él desarrolla el autor su concepción del teatro y del humor, y puede leerse por tanto como una suerte de *arte poética*, sino también porque en el libro aparecen los temas fundamentales de su teatro y porque nos ayuda, sobre todo, a enmarcar debidamente *Tres sombreros de copa*.

En *Mis memorias* Mihura propone una crítica general a la tediosa vida provinciana, pero también a la actual vida trepidante y a los ambiciosos, a los que ponen todo su empeño en medrar, a todo lo cursi. El autor pone en solfa arraigadas costumbres como las visitas, censura el uso de tópicos y frases hechas, se burla de todo lo solemne, del simplismo revolucionario, del mal humor y de los señores serios de antes; satiriza las «obras de amor» —cuyo prototipo le parece *La dama de las camelias*—, la literatura realista, naturalista y costumbrista. A la pesada y ramplona literatura posromántica y sentimental opone los «cuentos de fantasmas» y la literatura de imaginación; ataca los melodramas, las zarzuelas costumbristas y las novelas folletinescas. Ramón de la Cruz y Benavente le parecen dos casos representativos del teatro caduco y costumbrista más trasnochado. Lo que Mihura achaca a esta literatura, en suma, es que corrompa el gusto y las costumbres de lectores y espectadores. Tan sólo elogia a dos autores: Gómez de la Serna, a quien se refiere como «nuestro maestro», y Simenon. Dispara sus dardos, en cambio, contra el humor regional, contra la ironía («la ironía es de mala educación») y la sátira («lo satírico es agrio, antipático»), a la vez que defiende un humor que define como «un sueño inverosímil».

Un teatro para el público. El éxito comercial

Durante varios años Mihura se mantiene alejado del teatro, sin duda porque no encuentra la acogida que esperaba entre empresarios y público. Tanto le cuesta sacar adelante sus piezas que cree que el esfuerzo llevado a cabo no merece la pena. Cuando reemprenda su actividad como dramaturgo, lo hará con una determinación tan tajante como práctica: la de escribir para entretener al público y para ganar dinero, lo que traerá consigo una merma en la calidad literaria; sólo en obras como *Mi adorado Juan* o *Maribel o la extraña familia* volverá a resurgir el gran autor.

Pero, entretanto, el 24 de noviembre de 1952, superados los muchos obstáculos que opuso Mihura, se produce un importante acontecimiento del teatro español del siglo XX: una compañía de teatro experimental estrena en el Español *Tres sombreros de copa*, dirigida por Gustavo Pérez Puig, quien sólo pretendía hacer una única representación con los actores del T.E.U. de Madrid. Un mes después, el 19 de diciembre, la obra se repone comercialmente en el Teatro Beatriz, interpretada por actores aficionados y profesionales. Tras cuarenta y ocho representaciones, la comedia recorre diversas provincias. Pero si en los teatros de cámara la obra se convierte, según Mihura, en «una bandera de juventud e inconformismo», su explotación comercial no produce los mismos resultados, pues la gente la recibe con irritación y malestar.

La resonancia que, en ciertos sectores, había alcanzado *Tres sombreros de copa* anima a Mihura a escribir de nuevo para el teatro; y en esta ocasión, como en el caso de su primera comedia, lo hará en solitario. Con un éxito rotundo, estrenará en 1953 *El caso de la señora estupenda*, que el autor consideró su «primera obra de consumo». La comedia no es sino una desafortunada y convencional farsa de ambiente cosmopolita. Y ese mismo año, tras varios proble-

En esta escena de la versión cinematográfica de Mi adorado Juan *(1949), el protagonista, un alter-ego de Mihura, se reúne con un grupo de bohemios.*

mas con la censura, consiguió llevar a las tablas con idéntico éxito *Una mujer cualquiera*, una obra de tema dramático-policial con la que el autor empezó a ganar dinero en abundancia con el teatro. Su éxito más resonante, sin embargo, vino de la mano de *A media luz los tres* —cuyo título original, *Piso de soltero*, tuvo que cambiar por imposición de la censura—, que el propio Mihura dirigió en el Teatro de la Comedia. En esta obra, en la que el hombre se convierte en un mero títere en manos de la astucia femenina, el dramaturgo utiliza la técnica del vodevil para plantear uno de los temas que más le inquietaban: las relaciones entre el hombre y la mujer, y el matrimonio como institución. Mihura se sintió satisfecho de estas obras, pues estimaba que en ellas había encontrado por fin el estilo que andaba buscando, una fórmula que describió como un «teatro no "codornicesco" ni de vanguardia, pero tampoco sin demasiadas concesiones, con humanidad, con ternura, con observación de personajes, con diálogo de calidad, sin pedanterías, humorístico y no arbitrario». Un teatro, en suma, que, sin ser vulgar, interesara al público que, al fin y al cabo, es quien paga.

En línea con ese nuevo estilo, Mihura estrena en 1954 *El caso del señor vestido de violeta*, una sátira sobre aquellos que no sólo tratan de aparentar lo que no son, sino que, utilizando su poder y su dinero, intentan imponer a los demás su propia forma de vida. En 1956 lleva a escena la que quizás sea su mejor obra de esta última época, *Mi adorado Juan*, una comedia autobiográfica —según el propio Mihura— con la que obtuvo de nuevo el Premio Nacional de Teatro, y que tiene su origen en el guión que escribió para una película del mismo título.[7] En *Mi adorado Juan* vuelve a aparecer su humor absurdo e inverosímil, su crítica feroz al matrimonio, a la vida acomodada, a la ambición social. La comedia tiene un primer acto espléndido, pero al final, Juan, el protagonista —que había antepuesto «el sol, los amigos, la humildad y las siestas interminables [...] al éxito, a la fama, al dinero, a la vanidad»—, renuncia a todos sus ideales debido a la presión de su mujer.

Entre 1955 y 1961, Mihura escribe cinco comedias para la actriz Isabel Garcés, de entre las que cabe destacar *¡Sublime decisión!* (1955) y *Melocotón en almíbar* (1958). En la primera de ellas, cuya acción transcurre en 1895, la protagonista se rebela contra una sociedad que la destina a un matrimonio convencional y le impide trabajar y valerse por sí misma. En *Melocotón en almíbar*, que se basa en la creación de una situación equívoca con la que caricaturiza el género policiaco, pone en relación —con resultados tan explosivos como forzados— a una monja entrometida con un grupo de ladrones novatos.

En 1959 Mihura estrena la que consideró su obra predilecta y más conseguida, *Maribel y la extraña familia*, comedia con la que volvió a obtener el Premio Nacional de Teatro y un gran éxito de público y crítica. La escribió para la actriz venezolana Maritza Caballero y la dirigió él mismo, con decorados de Sigfrido Burman. En esta obra Mihura cruza las vidas de una «extraña familia» tradicional, a la que pertenece Marcelino, y un grupo de prostitutas, entre las que se encuentra Maribel. Si el desenlace feliz se produ-

---

7 La película la dirigió en 1949 su hermano Jerónimo Mihura, muy influido por el Frank Kapra de *¡Vive como quieras!* (1938), film donde se planteaba la diferencia entre dos familias, los Kirby, ricos y angustiados, y los Vanderhof, pobres, pero libres y desenfadados.

En Maribel y la extraña familia, *la tía Paula y doña Matilde reciben a la visita que alquilan dos veces por semana porque «las visitas normales no hay quien las aguante y en seguida te dicen que les duele una cosa o la otra. Éstos vienen, se quedan callados y puedes contarles todos tus problemas sin que ellos te cuenten los suyos, que te importan un pimiento». Versión cinematográfica de 1960.*

ce, contra lo que auguran las convenciones sociales, quizás es debido a que ni el uno ni la otra son miembros ortodoxos del grupo social al que pertenecen. Así, la bondad de Marcelino y de su familia consigue hacerles olvidar el pasado profesional de una joven que en ningún momento oculta su condición de prostituta.

De sus últimas obras sólo merece la pena recordar *Ninette y un señor de Murcia* (1964), y ello no tanto por su escaso mérito literario sino por el extraordinario éxito de que gozó, al punto de que tuvo una continuación, *Ninette, «Modas de París»* (1966). Estas comedias equivalen en el plano teatral a lo que en el cine fue el landismo: obras de tipos y de tópicos sobre la feminidad, el exilio y las relaciones hombre-mujer.

El genio de Mihura había por tanto decaído cuando el 28 de octubre de 1977 fallece el autor a causa de una dolencia hepática. Dejó pendiente su discurso de ingreso en la Real Academia de la

Lengua, que un año antes lo había elegido miembro de número. El texto iba a versar sobre cómo concebía el humor. Quizá empleó ese tiempo pensando en qué podría hacer él, un anarquista de derechas que siempre hizo bandera de la libertad individual, en la docta casa. O quizá recordaba que Gómez de la Serna había definido el humor como volver de la nada y volverse a ir a la nada.

TRES SOMBREROS DE COPA

De la realidad a la ficción

El origen de *Tres sombreros de copa* se encuentra en dos episodios de la vida de Mihura que él mismo se encargó de relatar. En 1930, el joven aspirante a escritor emprendió, en calidad de director artístico, una gira con el actor *Alady* por Lérida, Tarrasa y Barcelona. La compañía de revistas del cómico estaba compuesta por un ballet de seis chicas vienesas, «maravillosamente rubias y maravillosamente estupendas», dos negros (un bailarín y un músico) y una domadora de serpientes alemana, corpulenta y gruesa. Mihura ha relatado que abandonó la gira porque se enamoró de una de las bailarinas, lo que no le dejaba tiempo para preparar el nuevo programa. Aunque no hay que descartar la versión del autor, el abandono pudo deberse a otra razón más prosaica: los dolores de cadera que Mihura padecía a causa de una coxalgia. Al volver a Madrid, el dramaturgo fue operado y, durante la larga convalecencia de tres años en su hotelito de Chamartín, escribió en la cama *Tres sombreros de copa*.

En esa misma época, Mihura mantenía una relación sentimental, tan formal como para que pensara en casarse, con la hija del director de la fábrica de jabones La Toja, a la que había conocido en el pueblo gallego durante un veraneo.[8] El compromiso matri-

---

8 En una entrevista concedida en 1972, Mihura recordaba que «fueron unos días de verano muy románticos, porque la pobre chica estudiaba en un colegio de monjas. Un primer amor por la isla de Sálvora, todo muy bonito, viéndola desfilar por las calles de Pontevedra con sus compañeras [...]. Aquella chica hubiera sido mi paz, mi serenidad».

monial se rompió porque la rica heredera no se creyó que la larga ausencia del novio se debiera a una enfermedad. Según Mihura, *Tres sombreros de copa* le fue inspirada por los dos acontecimientos mencionados: la gira con *Alady* y el «forzado rompimiento amoroso». De la primera experiencia surgió la compañía de *music-hall* que toma parte activa en la acción de la obra; de la segunda deriva la sátira contra el matrimonio burgués que constituye una de las claves temáticas de *Tres sombreros de copa*.

Mihura escribió la obra en unos tres meses, y la acabó el 10 de noviembre de 1932. Según sus propias declaraciones, la creó «sin esfuerzo» y «con facilidad, con alegría, con sentimiento». El autor quedó muy satisfecho del resultado porque había encontrado un estilo propio y sin influencias ajenas, y se mostró especialmente orgulloso de la «virtud melódica» de la obra, de su ritmo, de esa «cadencia especial que sonaba a verso». Sin embargo, los amigos del dramaturgo no sólo consideraron que *Tres sombreros de copa* era una obra difícil sino que advirtieron de inmediato que el público no lograría entenderla. Esta incomprensión, y el consiguiente desinterés, se debieron sin duda a las peculiaridades del texto, que Mihura definió como una combinación de «lo inverosímil, lo desorbitado, lo incongruente, lo absurdo, lo arbitrario, la guerra al lugar común y al tópico, el inconformismo». Dadas las dificultades insalvables para estrenar la obra, el dramaturgo optó por olvidarla y cambiar de estilo: «Decidí prostituirme y hacer un teatro que llegase a la gente, al público». En adelante, Mihura recuperó la ruptura con los tópicos y el aprecio por lo absurdo en sus colaboraciones en las revistas, pero reservó para su teatro «lo lírico, lo patético, lo escéptico».

Sin haber llegado a estrenarse, *Tres sombreros de copa* se publicó en 1947 con un interesante prólogo del autor, en el que Mihura traza su propia biografía, relata su temprana vinculación al mundo teatral y sus primeros pasos como escritor y describe cómo se gestó su primera obra dramática. Cinco años más tarde, en 1952, la comedia fue finalmente estrenada en el Teatro Español, aunque menos por deseo de Mihura que por el empeño del joven Gustavo Pérez Puig, entonces director del TEU (Teatro Español Universitario) de Madrid. Los trajes y el decorado se encargaron a Emilio

Burgos, y entre los actores del reparto figuraron los entonces jovencísimos Gloria Delgado, Juanjo Menéndez, José María Prada, Agustín González y Fernando Guillén, que representaban respectivamente los papeles de Paula, Dionisio, don Rosario, don Sacramento y el Anciano Militar. En el programa de mano, Pérez Puig afirmó que en *Tres sombreros de copa* radicaba el origen del humor de *La codorniz* y definió la obra como una «pirueta cómica» que funde el humor y el «hondo problema sentimental de los personajes», emparentados con «los muñecos de la farsa».

Dos mundos, cuatro sombreros de copa

El argumento de *Tres sombreros de copa* es sencillo, incluso tópico: tras siete años de tenaz noviazgo, Dionisio, un joven de veintisiete años, va a casarse con Margarita, «una virtuosa señorita» de veinticinco. La noche previa a la boda se hospeda en un hotel, donde conoce a Paula, una atractiva chica de dieciocho años de la que se enamora. La muchacha trabaja en una compañía de revistas que al día siguiente debutará en el Nuevo Music-Hall local. A lo largo de la obra, Dionisio descubre por medio de Paula una manera distinta de vivir, de entender el mundo y de alcanzar la felicidad; gracias a la joven, conoce la posibilidad de una existencia más imaginativa y libre. Sin embargo, cuando en el momento culminante de la acción, deba decidirse entre Paula y Margarita, Dionisio no se atreverá a cambiar de vida, y opta por casarse con su novia de siempre.

El conflicto dramático central de *Tres sombreros de copa* lo constituye la lucha entre los deseos de Dionisio y la presión que la sociedad ejerce sobre él. En realidad, la obra enfrenta dos formas distintas de concebir el mundo por medio de la **oposición entre dos grupos de personajes**. En el reparto que encabeza el texto, cada uno de esos grupos figura en una columna distinta. La de la derecha está compuesta por representantes de la pequeña burguesía de una ciudad de provincias: el Odioso Señor, el Anciano Militar, el Cazador Astuto, el Romántico Enamorado, el Guapo Muchacho y el Alegre Explorador. Las antonomasias con que Mihura designa a esos personajes poseen una intención peyorativa, ya que el autor considera que el comportamiento de esos caracteres es tan convencional como sus propios nombres.[9] Es muy significativo al respecto el caso del Anciano Militar, del que sólo sabremos que se llama Alfredo cuando le regale sus condecoraciones a Fanny, es decir, cuando abandone sus modales envarados e hipócritas y se humanice un tanto ante los ojos del espectador. En este primer grupo de personajes sólo don Rosario y don Sacramento no son designados por medio de antonomasias.[10]

En la columna izquierda del reparto, por su parte, figuran los miembros de la compañía de *music-hall* a la que pertenecen Paula y las otras chicas. Entre ellos se ha insertado el nombre de Dionisio, tal vez porque también el protagonista se encuentra de paso en el hotel, o quizás porque, por un momento, se acercará al mundo de bohemia y libertad que representan los artistas. Estos personajes pueden ser divididos en dos grupos, según sus nombres tengan o no resonancias artísticas. Nombres como Fanny, Madame Olga, Trudy, Buby y —no lo olvidemos— Antonini, el seudóni-

---

9 La parodia que Mihura hace de estos personajes puede relacionarse con lo que en los años veinte se denominó *putrefactos*. En este sentido, recuérdese la obsesión de don Sacramento, al comienzo del tercer acto, por el olor a podrido, que hay que atribuir a que dichos personajes han estado presentes en la fiesta del acto anterior. El término *putrefacto* surgió en la Residencia de Estudiantes para designar lo caduco, lo aburrido, lo conservador y pasado de moda, la 'podredumbre' burguesa, pero también lo falsamente sentimental, tanto en la vida como en el arte. Moreno Villa lo describió como «un espíritu normativo y petulante, hueco y lleno de lugares comunes, de rutina y de sensatez imbécil». Dalí señalaba que sus caricaturas habían «elevado al Señor tonto; la *idiotez - a* categoría lírica - Emos llegado a la *lírica de la estupidez humana*» (Respeto la peculiar ortografía del pintor, en esta carta a Lorca). Véase *Los putrefactos por Salvador Dalí y Federico García Lorca. Dibujos y documentos*, Publicaciones de la Residencia de Estudiantes, Madrid, 1998, pp. 36, 83 y 92; y Rafael Santos Torroella, *«Los putrefactos» de Dalí y Lorca. Historia y antología de un libro que no puedo ser*, Publicaciones de la Residencia de Estudiantes, Madrid, 1995.

10 La crítica suele atribuir un carácter simbólico a los nombres de don Sacramento y don Rosario. Coincido con Andrés Amorós y Marina Mayoral en que Mihura los denomina así para burlarse «de nombres tradicionales, viejísimos, ridículos», que suelen aplicarse a las mujeres y que aquí se utilizan porque ambos personajes desempeñan «un papel semifemenino». Conviene recordar, por otro lado, que en uno de los dibujos que Mihura publicó en *Gutiérrez* aparece un anciano de barba llamado don Sacramento.

mo de que hace uso Dionisio, son característicos del mundo del espectáculo; por el contrario, Paula, Sagra y Carmela son nombres que carecen de resonancias artísticas.

A medio camino entre el mundo gris de la pequeña burguesía y el universo poético de los artistas se encuentran los **tres sombreros de copa** que menciona el título de la obra. La elegante prenda actúa simultáneamente como un símbolo de las dos formas de concebir la vida opuestas por Mihura, si bien el sombrero posee un significado distinto en cada una de ellas: en el serio y reglamentado de la pequeña burguesía, remite a los trajes de etiqueta que se lucen en las bodas; en el despreocupado y alegre del *music-hall*, al vestuario del presentador y de los artistas en los números de magia o juegos malabares. Mientras que los miembros de la alta sociedad utilizan el sombrero de copa en ceremonias solemnes, los artistas recurren a él para entretener a su público. El número de los sombreros a los que alude el título de la comedia se corresponde con los que posee Dionisio: los dos que él se ha comprado y el que le regala su futuro suegro. A ellos hay que añadirles un cuarto, el de Paula, que es el que el joven llevará en la boda.

Son numerosos los elementos que contribuyen a subrayar la distancia entre los dos mundos que contrapone la comedia. La **música**, por ejemplo, desempeña un papel fundamental en la acción: no en vano Mihura definió *Tres sombreros de copa* en 1952 como «la comedia de las muchachas [...] que adoran la música de los gramófonos». Paula confiesa ese aprecio en el primer acto: «Yo adoro la música de los gramófonos». Más tarde, Buby, quien acostumbra a cantar «esas tristes canciones de la plantación», silba una melodía americana acompañándose del ukelele y, en el acto tercero, se oye en el gramófono una java francesa. En los instantes de felicidad que vive en el segundo acto, Dionisio, cuyos gustos hasta entonces se habían decantado por escuchar *Las princesitas del dólar* y *Marina* o por silbar «una fea canción de moda», se da cuenta de que «las voces de querubín están llenas de vanidad y que, en cambio, hay discos de gramófono que se titulan "Ámame en diciembre lo mismo que me amas en mayo" y que nos llenan el espíritu de sencillez y de ganas de dar saltos mortales». Por el contrario, el mundo burgués al que pertenece el protagonista prefiere el tipo de música romántica y simple que don Rosario toca con su cornetín de pistón: romanzas, marchas, *El carnaval de Venecia*, *La serenata de Toselli*... Es muy significativo al respecto que el Odioso Señor le regale a Paula una carraca, instrumento que produce un sonido en extremo desagradable, y que los otros señores 'putrefactos' que acuden a la fiesta del acto segundo canten *Marcial, eres el más grande*, *El relicario* y *Los bateleros del Volga*, como si fueran un orfeón. Además, una de las conversaciones entre Paula y Dionisio nos desvela que Margarita suele tocar al piano una pieza titulada *El pescador de perlas*, que el autor identifica con una estética decididamente cursi. Mihura, en suma, utiliza los gustos musicales de los personajes para caracterizarlos y marcar distancias entre ellos. Por eso cambiar de forma de vivir significa para Dionisio modificar sus gustos musicales, es decir, despreciar las melodías románticas, las marchas y las piezas de géneros tan castizos como la zarzuela y el pasodoble y preferir la alegría de las javas francesas y de la música americana que suena en el gramófono.

Género, estructura, espacio y tiempo

Mihura definió *Tres sombreros de copa* como una *comedia* en la que intervienen «los muñecos de la farsa». Quizás al hilo de esa afirmación, y debido al importante protagonismo que tienen en la obra elementos como el patetismo, la comicidad y la poesía, se ha calificado la obra de **farsa**: no en balde la comicidad se utiliza a menudo para refrenar lo patético y lo lírico. Sin embargo, son otros los rasgos que mejor singularizan a *Tres sombreros de copa* con respecto a la mayoría de las comedias de su tiempo: el escamoteo del típico final feliz y su innovadora concepción del espectáculo teatral. En relación con esta última, es significativo que Mihura utilice en la obra números propios del circo y del ***music-hall***; algunos de ellos, en momentos tan culminantes como la peculiar escena final, le sirven para desdramatizar la acción. Por otro lado, en la última escena de los dos primeros actos nos encontramos con una parodia de la apoteosis de las revistas de variedades.

Aunque a Mihura le gustaba decir que «en las comedias y en las cartas de amor sobra casi todo. Lo único que interesa es el encabezamiento y la despedida», *Tres sombreros de copa* es una obra perfectamente trabada, lo que permite que los episodios se sucedan con absoluta naturalidad y los personajes entren y salgan de escena con total fluidez. La construcción de la comedia se basa en parte en el uso de **simetrías**, dado que abandona y retoma incesantemente unos pocos motivos y establece continuos paralelismos entre escenas distantes; posee, además, una **estructura circular**, pues acaba en el mismo punto donde empezó: Dionisio va a contraer matrimonio con Margarita, aunque haya vivido una experiencia que se le antoja un sueño imposible. La acción, por otra parte, se ha organizado de acuerdo con la división clásica en tres actos, y respeta tanto el orden tradicional de presentación, nudo y desenlace, como las unidades de acción, tiempo y lugar, por lo que todos los sucesos de la trama se desarrollan en un único espacio y en un periodo reducido de tiempo. El **lugar de la acción** es un cuarto de un «hotel de segundo orden» (de «hotel modesto» y «hotel pobre» lo tacha Dionisio), situado «en Europa, en una capital de provincias de segundo orden». Cabe observar que la gradación «Europa» / «capital de provincias» / «provincia de segundo orden» atenúa las distancias entre el mundo de la comedia y el del espectador, quien puede identificar con facilidad el tipo de vida que se muestra en la obra con el de cualquier ciudad española. Acertadamente, Mihura ubica la acción en el cuarto de un hotel (el recuerdo de *El sí de las niñas* parece inevitable), un territorio neutral donde los personajes de los dos mundos (el imaginativo de Paula y el tradicional de Dionisio) pueden encontrarse y entrar en contacto con facilidad. Las **dos puertas** de la habitación cumplen al respecto una función primordial, ya que permiten la entrada en escena de los miembros de ambos mundos: por la del lateral izquierdo, que se comunica con la habitación de al lado (puerta de acceso a la diversión, a la libertad), llegan Paula y el resto de los participantes en la fiesta; por la del foro (puerta oficial que comunica con la realidad cotidiana) entran don Rosario y don Sacramento. Precisamente por esta última salida abandonarán de forma definitiva la escena al Odioso Señor, Fanny, el Anciano Militar y Buby, éste tras golpear a Paula al final del segundo acto. Cabe añadir que, a pesar de su apariencia realista, el espacio escénico

Una de las facetas artísticas en las que Mihura sobresalió es el dibujo de viñetas humorísticas. Aquí se ofrecen sendas muestras de los años 1924 y 1927.

posee un carácter simbólico, como ha señalado Margarita Villar y como demuestra, por ejemplo, el aséptico y ordenado interior burgués de la habitación de Dionisio, que don Sacramento encuentra en un desorden absoluto tras la fiesta del segundo acto.

Además de respetar la unidad de lugar, la acción de *Tres sombreros de copa* se desarrolla durante **una única noche**, a lo largo de unas nueve horas, interrumpidas por dos entreactos. Éstos poseen un valor temporal desigual, ya que mientras que entre el primer y el segundo acto transcurren dos horas, entre el segundo y el tercero sólo hay un lapso de un minuto. A lo largo de toda la obra, el autor nos indica con toda precisión el **avance del tiempo** por medio de las palabras de sus personajes. Así, en el primer acto Dionisio señala que «aún no son las once», en el tercero don Sacramento afirma que son «las seis cuarenta y tres» y, poco después, don Rosario anuncia «las siete», es decir, la hora en que Dionisio debe salir del hotel camino de la iglesia. Además, el transcurso de las horas forma parte esencial del conflicto del protagonista, ya que empuja al personaje a decidirse con rapidez antes de que llegue la mañana y, con ella, el momento de su boda. Sólo en el segundo acto el veloz avance del tiempo parece dilatarse un tanto, pues como ya comentara Mihura, el ambiente de fiesta hace que los personajes caminen como tontos de un lado para otro.

Las estrategias del humor

La gran aportación de Mihura al teatro cómico español estriba en haber logrado compaginar a la perfección tres tipos de humor: el de situación, el de caracteres y el verbal. En los tres casos, el dramaturgo muestra preferencia por lo **disparatado y absurdo**, lo que otorga a la acción una apariencia de inverosimilitud que, unida a la escéptica visión del mundo propia del autor, puede producir el desconcierto del espectador. En realidad, todos los elementos lingüísticos y escénicos de *Tres sombreros de copa* están al servicio de un humor vivo y disparatado: el ritmo trepidante con el que se encadenan los episodios, la apariencia grotesca de ciertos personajes, la absurda combinación de prendas en el vestuario de algunos de ellos, la tendencia de otros a atravesar la escena en momentos inoportunos o a esconderse en lugares inadecuados, como debajo de la cama o en un armario, etc. No hay que olvidar que a la creación de situaciones humorísticas contribuye de manera esencial el empleo que se hace en escena de determinados objetos, como la bota bajo la cama en la primera escena o el cornetín que hace sonar don Rosario para que Dionisio logre conciliar el sueño. El efecto cómico que producen esos **objetos** tiene mucho que ver con la ruptura artística que propusieron las vanguardias, así como con los números de circo y con el cine humorístico de la época, encabezado por Charlot y por los hermanos Marx, que en 1932 no habían estrenado sus mejores películas. Finalmente, el humor deriva en muchas ocasiones del significativo contraste que se produce entre la escenografía y el vestuario realistas y el lenguaje y las situaciones inverosímiles.

En cuanto al **humor verbal**, Mihura lo genera por medio de conversaciones disparatadas llenas de razonamientos inesperados y frases inadecuadas o equívocas, que rompen con la experiencia, la lógica y el sentido común del espectador. Muchos de los diálogos de *Tres sombreros de copa* desembocan en la pura incongruencia o en la suspensión de la evidencia, por lo que Mihura logra siempre un efecto de sorpresa. Para el autor, el lenguaje es, además, una forma de retratar a los personajes y de llevar a cabo su sátira de las costumbres de la pequeña burguesía. Mihura sabe que, al hablar, los personajes se definen a sí mismos, por lo que ridiculizar su lenguaje significa satirizar su ideología. En esencia, los propósitos que Mihura persigue por medio del humor son dos: la parodia del lenguaje cursi, lleno de frases hechas, y de las costumbres ñoñas y pacatas de la pequeña burguesía, y la desdramatización de ciertas escenas que pudieran prestarse al sentimentalismo.

Con respecto al uso que Mihura realiza del lenguaje, es muy significativa la capacidad camaleónica que posee Dionisio para asumir el discurso ajeno y adaptarse a él, lo que muestra a las claras el talante del personaje. Además de producir un efecto entre cómico y patético, esa tendencia prueba que, en realidad, Dionisio no posee ningún discurso propio. La propensión a apropiarse de los modos de hablar de los otros la manifiesta el protagonista tanto con los personajes del mundo burgués como con los del mundo artístico: Dionisio puede ser tan disparatado como don Rosario y su futuro suegro, tan cursi como Margarita, tan tierno y espontáneo como Paula (aunque para ello tenga que transformarse en Antonini) y tan cínico como Buby.

Acto primero. La metamorfosis de Dionisio

El primer acto consta de tres escenas, determinadas por las visitas que Dionisio recibe en su habitación. En la **primera escena** asistimos a una conversación cursi y absurda del protagonista con don Rosario, cuya actitud con el huésped resulta disparatadamente inapropiada, tanto en sus exageradas muestras de cariño como en el insulto que le endilga. El absurdo diálogo deja entrever la trascendencia de la situación a la que se enfrenta Dionisio: el matrimonio y el comienzo de una vida nueva, el paso de la soltería a la vida de casado. Así, entre burlas y veras, sabremos que Dionisio es un huérfano solitario que trabaja en un pueblo cercano, y que ha llevado una vida convencional y gris, casi siempre en «casas de huéspedes». Además, la conversación de don Rosario y Dionisio

nos proporciona un retrato de Margarita, que ha sido la única novia del joven: Dionisio la adora, afirma que «sabe hacer unas labores muy bonitas y unas hermosas tartas de manzana» y que es tan
rica como inocente. Su afecto por la muchacha queda confirmado
por una llamada de teléfono que Dionisio hace a Margarita, que
recoge todos los tópicos de la peor ñoñería sentimental. A la vez,
es significativo que, al recibir el picotazo de una pulga, Dionisio
se desentienda de su novia y sólo se dirija a ella mecánicamente y
que, en un determinado momento, solicite que don Rosario lo su-
plante en sus cursis efusiones amorosas. La situación que resulta
de esa sustitución no sólo es delirante sino reveladora: Margarita
no llega a notar el cambio. Más allá de su comicidad, esta escena
inicial muestra algunos de los motivos que el autor no abandonará
nunca a lo largo de su extensa trayectoria teatral, como la soltería
y el matrimonio, el aburrimiento y la búsqueda de la felicidad o
los tópicos que destilan las relaciones sentimentales.

El magistral comienzo de la **segunda escena** tiene un desarrollo casi cinematográfico, pues propone un contraste entre los dos
personajes por medio de su respectivo reflejo en la luna del armario: Dionisio se está probando los sombreros de copa, uno de los
cuales «le hace cara de apisonadora», mientras que Paula aparece
como «una maravillosa muchacha rubia de dieciocho años». En la
conversación que ambos entablan, Paula confunde a Dionisio con
un malabarista, y éste, no sólo no contradice a la muchacha sino
que acepta su nueva identidad, haciéndose pasar por Antonini. De
esa manera, inicia un proceso de transformación por el que el protagonista dejará de ser un joven cursi y apocado y se convertirá
pasajeramente en un hombre imaginativo y bohemio, capaz de
enamorarse de Paula y de olvidar por unas horas el mundo monótono y provinciano al que pertenece.

El diálogo subsiguiente entre Paula y Dionisio no sólo nos
descubre que ambos carecen de familia, sino que establece una de
las muchas oposiciones en que se basa *Tres sombreros de copa*, ya que
Paula se muestra como una mujer radicalmente distinta no sólo
de Margarita sino de las otras chicas del ballet; de ellas le diferencia su juventud y atractivo físico, pero sobre todo su modo de entender la vida.

Buby, Dionisio y Paula silban «una canción americana» en el primer acto de Tres sombreros de copa. *Montaje dirigido en 1992 por Gustavo Pérez Puig.*

Para manifestar la radical diferencia entre el mundo burgués de una ciudad de provincias y el mundo bohemio al que pertenecen las gentes del espectáculo, Mihura nos muestra cómo Dionisio insiste en entablar con Buby y Paula el mismo tipo de conversación que mantuvo con don Rosario. El joven fracasa en su empeño, ya que cuando se dirige a los otros dos personajes para contarles 'batallitas' o la historia de la habitación del hotel, Paula permanece «distraída» y Buby se muestra «seco»: ninguno de los dos le presta atención. Queda de manifiesto, de ese modo, que los intereses de Buby y Paula nada tienen que ver con los de Dionisio. Éste lo comprende muy pronto, de ahí que, cuando su novia lo llama por teléfono, él la niegue y les diga a Paula y Buby que es un pobre quien le habla a través del aparato. En realidad, bajo la apariencia de un diálogo absurdo, esta escena esconde dos cuestiones de gran importancia para el desarrollo posterior de la acción: el creciente interés de Paula por el supuesto malabarista y el deseo de Buby de que la muchacha se olvide de Dionisio.

En el primer cuadro de la **tercera escena** Fanny convierte al protagonista en un tentetieso, al que inopinadamente empuja tres veces, una situación que mantiene deudas evidentes con el cine mudo. Ante Fanny, Dionisio sigue fingiendo que es un malabarista. La conversación que ambos mantienen es interrumpida por una nueva llamada telefónica de Margarita, a quien Dionisio niega por segunda vez y convierte de nuevo en un imaginario pobre.

El episodio clave de esta escena, sin embargo, es la reaparición de don Rosario, que actúa como voz de la conciencia de Dionisio al recordarle sus obligaciones y su inminente boda. Mientras el anciano intenta dormir al protagonista, Fanny atraviesa la escena, lo que vale para que Dionisio convierta al hostelero en el pobre que lo llamó por teléfono. Estas negaciones de Dionisio le son imprescindibles para no mezclar la atractiva realidad artística que acaba de conocer con su vida habitual, simbólicamente representada por los hipotéticos pobres que suplantan a don Rosario y Margarita. Cuando Dionisio logra por fin quedarse a solas en su habitación, se dirige hacia el teléfono dispuesto a conversar con Margarita; sin embargo, cuando va a coger el aparato, se produce la reaparición de Paula, quien, al invitar a Dionisio a la fiesta sufragada por el «señor del café», le confiesa: «estando usted yo estaré contenta». Ahora, Dionisio no tiene más remedio que decidirse entre contestar la llamada de su novia o aceptar la propuesta de la chica. No sin vacilaciones, deja que el timbre siga sonando y acepta la invitación de Paula.

El primer acto, en suma, dramatiza el encuentro de dos seres solitarios que poseen formas muy distintas de concebir la vida. Pese a su aparente ligereza, la situación no deja de ser amarga, ya que percibimos que ambos jóvenes son manipulados por los respectivos mundos a los que pertenecen, lo que motiva que no se cuenten toda la verdad el uno al otro: Dionisio no sólo no es el malabarista que la joven cree, sino que le oculta a Paula que tiene novia y que se va a casar. Del mismo modo, pronto sabremos que tampoco ella ha entrado por azar en su habitación sino que su intención era sacarle a Dionisio todo su dinero. En cualquier caso, si parece natural que el protagonista quede fascinado por Paula y por lo que ella representa, no lo es tanto que la muchacha se sienta atraída por Dionisio. Sucede que, para la chica, el joven burgués es una posible alternativa a Buby y a todos los «odiosos señores» con los que tiene que lidiar en las ciudades que el grupo de *music-hall* recorre. Paula confiesa que no es la novia de Buby porque le guste serlo, sino simplemente porque se aburre en las giras. En realidad, considera que Buby es un grosero que no deja de beber e insiste en diversas ocasiones, sin duda recurriendo a un truco para provocar la compasión de Dionisio, que ella no puede enamorarse de un negro. En definitiva, Paula y Dionisio se atraen porque se complementan: ambos aborrecen el mundo en el que viven y anhelan pertenecer al mundo del otro. Del mismo modo que Dionisio ve en la vida de Paula la posibilidad de la imaginación y la alegría, la joven bailarina busca en Dionisio una vida en la que predominen el respeto y los buenos sentimientos.

Acto segundo. El «mal negocio» de Dionisio

Tras una primera escena hilarante, en la que se nos muestran las relaciones entre las chicas del grupo de *music-hall* y los señores de la ciudad por medio de una serie de diálogos disparatados, la **segunda escena** del acto segundo nos muestra a Dionisio, exultante por la borrachera, proclamando que nunca ha sido tan feliz. Su euforia es, sin embargo, fugaz, ya que el protagonista, al recordar que cuando despunte el día le aguarda su boda con Margarita, rechaza el fascinante mundo bohemio que acaba de conocer y que le ha proporcionado algunas horas de felicidad, y se muestra deseoso de regresar a su mediocre existencia.

También la cruda realidad se le impone a Paula, a quien Buby pregunta si ha conseguido dinero de Antonini. Aunque con más crudeza, el cínico Buby representa ahora ante Paula el mismo papel que don Rosario con Dionisio, es decir, le recuerda quién es y le reprocha las consecuencias de sus actos: la acusa de ser una de esas «bonitas muchachas soñadoras» que se dedican al teatro porque no quieren cuidar de sus llorones hermanitos ni trabajar como obreras; luego le insiste en que la compañía no gana suficiente dinero y que la supervivencia del ballet está en juego, con lo que Paula acaba cediendo ante el chantaje de Buby.

La conversación en que Paula dialoga con el Odioso Señor posee varias finalidades: desenmascarar al personaje, relacionarlo con la familia de Margarita, mostrar su contraste con Dionisio, y aclarar los sentimientos de Paula. Mihura carga las tintas sobre el Odioso Señor, a quien la acotación describe como un hombre «orgulloso», «odioso», «pícaro», «tunante», «muy mimoso» y «brutote, brutote». En realidad, el mismo personaje queda retratado al mostrar su constante cinismo y su insoportable repertorio de chistes fáciles y al hacer continuamente ostentación de su riqueza, a pesar de la cual no logra vencer la resistencia de Paula.

En la **tercera escena**, Paula dialoga cariñosamente con Dionisio e intenta explicarle su situación, pero él, distraído, parece no entenderla. La joven le propone una escapada, pero Dionisio rechaza la oferta arguyendo que tiene un «negocio». En realidad, no miente, pues no otra cosa es la boda para el protagonista: un negocio que le proporcionará seguridad y tranquilidad. Sí miente, en cambio, cuando niega tener novia, aunque, para amortiguar su negación, y cuando Paula le pregunta si piensa casarse alguna vez, Dionisio responde con un inesperado «regular», absurda réplica que trasluce la ambigüedad del personaje.

El segundo acto concluye con una situación climática, pues mientras Paula yace en el suelo tras ser golpeada por Buby, Margarita llama por teléfono a Dionisio e, instantes después, don Sacramento llama a la puerta de la habitación, lo que obliga al protagonista a ocultar a Paula detrás de la cama.

A lo largo de este segundo acto, Dionisio ha estado más cerca que nunca de Paula y de lo que la muchacha representa. Sin embargo, aunque ha vivido un momento de euforia hacia la mitad del acto, durante el resto del tiempo ha permanecido atrapado en su mala conciencia y se ha dejado llevar por Paula, que en su propuesta de jugar junto al mar, «como dos chicos pequeños», intenta un imposible retorno a la infancia y el inicio de una nueva vida. Dionisio se nos ha mostrado, por lo tanto, como el muchacho indeciso, apocado y temeroso que ha sido siempre, y nos permite intuir el frustrante desenlace de la obra, en el que el protagonista será incapaz de tomar una decisión que lo libere de sus ataduras sociales e ideológicas. La escena final de este segundo acto es similar

El segundo acto comienza con una abigarrada e hilarante fiesta en la que los personajes componen un «coro absurdo y extraordinario»: «la mayoría son viejos extraños», y bailan «con alegres muchachas que no sabemos de dónde han salido».

a la del primero, aunque aquí el papel de don Rosario lo desempeñan Margarita y su padre, que avivan la mala conciencia del protagonista y emiten una llamada para que el joven vuelva al redil.

Acto tercero. Entre la «honradez» y la bohemia

El acto tercero se inicia un minuto después de concluir el segundo. Como los otros, consta de tres escenas perfectamente diferenciadas, en la **primera** de las cuales asistimos a una disparatada y grotesca conversación de Dionisio con el padre de Margarita. Se trata de un diálogo lleno de chistes verbales y escénicos que nos permite prever cómo será la vida de casado de Dionisio y contrastar el plan de vida expuesto por don Sacramento con el que Paula le acaba de sugerir. En esta escena inicial podemos constatar diversos **paralelismos** y **simetrías** con otros instantes de la obra: la «alcoba rosa» de Dionisio tiene su correspondencia en la «sala rosa» del hogar de la novia; el desmayo de Paula discurre paralelo al

de Margarita; la sospecha de Dionisio de que Paula esté muerta se
corresponde con el miedo de Margarita a que su novio haya falle-
cido; don Sacramento encuentra en la habitación de Dionisio los
conejos que tiró el Cazador Astuto en otro momento de la obra; la
carraca que el Odioso Señor le entregó a Paula en el acto segundo
acaba ahora en manos de don Sacramento. En este tercer acto, por
último, se producirá la calurosa despedida de Dionisio que se
anunció en el primero.

   La **segunda escena** es probablemente una de las más signifi-
cativas de la obra, pues, tras descubrir Paula que Dionisio ha
mentido, éste declara, quizás por vez primera, lo que de veras
piensa. Surgen entonces los dos dramas que acucian a los protagonistas: la pobreza de Paula y el compromiso matrimonial de Dionisio. El protagonista confiesa por qué había decidido casarse con
Margarita y admite que al conocer a Paula se ha dado cuenta de
que «no sabía nada de nada» y que en unas pocas horas «todo me
lo han cambiado». Dionisio, además, describe a Margarita como
una mujer cursi, ridícula y vanidosa y reconoce con tristeza que ya
no encuentra en ella «la alegría que yo buscaba». En la escena se
concentra un motivo que se ha enunciado a lo largo de toda la
obra como una letanía: la resistencia de Dionisio a casarse. Ahora
se ha propuesto huir con Paula («a Londres», «a La Habana» o «al
desierto», le sugiere), y, con tal de conseguirlo, está dispuesto a
convertirse en malabarista o en bailarín; en suma, a hacer «algo
extraordinario». Pero Paula, que se siente desengañada, responde
a cada una de las propuestas de Dionisio con objeciones, entre las
que la más significativa y cargada de amarga ironía dice: «Eres tan
maravilloso, que dentro de un rato te vas a casar, y yo no lo sabía...». Mientras que en el acto segundo la actitud afectuosa de
Paula había topado con la indiferencia de Dionisio, en el tercero la
situación se invierte. Ahora es Paula quien, tras haber descubierto
que Dionisio es como todos los demás, se niega tajantemente a irse con él; y la muchacha acaba por expresar la meditación más
amarga de todas al preguntarse sobre qué le deparará el paso del
tiempo: «¿Qué hacen las chicas como yo cuando son viejas...?»

   El clima sentimental que debiera generar el último diálogo entre Dionisio y Paula no sólo es desdramatizado por Mihura por

*Sagra, Trudy y Carmela ensayan, al final del primer acto, ese gesto tan emblemá-
tico de la obra que consiste en lanzar los sombreros al aire al grito de «¡Hoop!».*

medio de una sucesión de comentarios absurdos y disparatados,
sino que es impedido definitivamente por don Rosario cuando
irrumpe en escena y le recuerda a su huésped que son las siete y
debe arreglarse para la boda. Paula asume entonces la función de
madre, ayudando a acicalarse a Dionisio. No deja de resultar para-
dójico que sea Paula quien empuja a Dionisio al matrimonio, una
vez ha comprendido que es el destino más apropiado para un joven burgués como él. En el desenlace de la obra, Paula vivirá un
único momento de debilidad al soñar que ella es la novia y que,
vestida de blanco, avanza hacia el altar cogida del brazo de Dionisio. Sin embargo, el joven la despierta de esa ensoñación y la de-
sengaña definitivamente: «Es que… tú no serás la novia». Cuando
llega el instante definitivo, Dionisio sale del hotel de camino a la
iglesia. Como si fuera a celebrarse el entierro de un niño, al novio
le espera «¡una carroza blanca con dos lacayos morenos! ¡Y dos caballitos blancos!».

Tras despedirse de Dionisio, Paula se queda sola en escena, coge
los tres sombreros de copa y, «cuando parece que va a ponerse

sentimental», los tira al aire «y lanza el alegre grito de la pista: ¡Hoop! Sonríe, saluda y cae el telón». Se han barajado diversas interpretaciones para explicar ese gesto final, cuya primera manifestación se produce en la segunda escena del primer acto, cuando Paula, por invitación de Dionisio, los lanza al aire también con un «¡Hoop!», juego que es luego repetido por Sagra, Carmela y Trudy al final del primer acto. El gesto de Paula entronca con una tendencia reiterada en *Tres sombreros de copa*: la de evitar a toda costa cualquier escena melodramática, pues Mihura las detestaba.[11] Consecuente con su voluntad de desdramatizar las situaciones, el autor opta por presentar a Paula en actitud despreocupada: el personaje lanza los sombreros al aire con un grito circense y realiza el saludo de rigor. Hacer volar los tres sombreros de copa de Dionisio, que acaban en el suelo, es el modo que tiene Paula de soltar lastre, de desprenderse de los vestigios que le quedan del mundo de Dionisio... Al mismo tiempo, el alegre grito y la sonrisa le sirven para constatar irónicamente su propio desengaño. La acción de la obra le ha revelado que nada cambia, que todos los hombres se parecen, pues Dionisio ha demostrado ser un caballero como los demás, de esos a los que les gustan las chicas alegres (con la sustancial diferencia de que él las acaba de descubrir), pero que se casa con las ñoñas. El gesto final de Paula nos muestra al personaje queriendo acabar una vez más con la comedia de siempre, pero cumpliendo con profesionalidad su papel hasta el último instante. Paula acepta la cosas como son, porque no tienen remedio, porque sabe que muy pronto se levantará otra vez el telón y se iniciará de nuevo la misma triste función en la que ella acaba de participar: una función que obliga a las chicas alegres a doblegarse ante los deseos de quienes ostentan el poder económico y que las fuerza a actuar en favor de los intereses de un hombre. En la comedia de Mihura, ese individuo interesado parece tener tres caras, pues Dionisio, Buby y el Odioso Señor son al cabo, como dijo el poeta, «uno y lo mismo».

---

11 En «Varietés en la inclusa» (*Gutiérrez*, 261, 23/VII/1932), Mihura concluye diciendo que «ya es hora de que se vayan terminando todas estas cosas tan tristes y tan románticas que, en el fondo, no son más que tonterías.»

La felicidad malograda

De lo dicho se desprende que *Tres sombreros de copa* es una las obras más pesimistas, tristes y sutilmente críticas de la historia del teatro español. A través del humor, la obra trata temas de tanta envergadura como la libertad, la felicidad, el amor y la autenticidad de los sentimientos, cuestiona una institución tan consolidada como el matrimonio, entendido como sinónimo de la felicidad,[12] y censura las carencias de la vida provinciana, tema de larga tradición en nuestra literatura (*Clarín*, Galdós, los noventayochistas, Pérez de Ayala, Arniches...). Además, Mihura pone en entredicho el pilar fundamental de cualquier sociedad, que es el lenguaje, al desvelar que éste suele utilizarse como un instrumento de distracción y de engaño. Para exponer esa convicción, *Tres sombreros de copa* recurre al enfrentamiento entre dos maneras diferentes de concebir y entender la vida. Sus protagonistas son individuos que pertenecen a mundos distintos, pero que llegan a enamorarse y a compartir unas mismas ilusiones. Sin embargo, no logran romper definitivamente con sus orígenes o no saben o no se atreven a hacerlo, condicionados como están por un entorno que no se lo permite (Buby se lo impide a Paula, y don Rosario y don Sacramento a Dionisio). Paula sufre además la desilusión de las mentiras de Dionisio, que en ningún momento parece verdaderamente dispuesto a trocar la existencia burguesa a la que está destinado. Con agria lucidez, Mihura nos muestra que, a pesar de sus aparentes diferencias, los mecanismos de conservación y reproducción de la vida burguesa son muy similares a los de la vida bohemia, por eso tanto Dionisio como Paula se convierten en víctimas de la realidad a la que pertenecen. Existe entre ellos, sin embargo, una diferencia sustancial: mientras que la joven asume su voluntad de cambiar y está dispuesta a arriesgarse, nunca llegamos a creer que ese propósito exista en Dionisio, cuyas exaltaciones amorosas parecen puramente coyunturales. Miguel Mihura lo expresó con absoluta claridad: «Sólo se salva Paula, que vive su romance con una

---

12 «Yo condeno siempre el matrimonio», le responde Mihura a G. de Reyes en «Comentarios de Mihura sobre su teatro», *Estreno*, 10, 1984, p. 19.

gran verdad».[13] Por el contrario, Dionisio carece del valor necesario para romper con su vida convencional y monótona. Por ese motivo el autor afirmó que *Tres sombreros de copa* «es la comedia en la que más tontamente se malogra, para toda la vida, una estupenda felicidad». Dionisio claudica y se conforma con un mero símbolo, el que da título a la comedia, pues al casarse con el sombrero de baile de Paula, el joven lleva a su matrimonio una pizca de esa volátil felicidad que ha rozado por un solo instante y no ha sabido atrapar.

ESTA EDICIÓN

Para el texto de *Tres sombreros de copa*, he tomado como base la edición de Clásicos Castalia, que preparó el propio Mihura en 1979. Esa edición, sin embargo, no carece de erratas, entre las que destaca la omisión de una réplica completa de Paula en el segundo acto («No me importa... ¡Ni a ti te debe importar...!», p. 45 de nuestra edición), que la mayoría de las ediciones resuelven mal. Teniendo en cuenta la primera y las sucesivas ediciones, he corregido todas las erratas detectadas.

Deseo manifestar mi agradecimiento a Agustín Sánchez Aguilar, compañero en la Universidad Autónoma de Barcelona, por sus siempre atinadas observaciones, y a Gemma Pérez Zalduondo, Ana Isabel Ballesteros, Carlos Pujol y Jordi Gracia, que me han ayudado a conseguir algún artículo, libro o dato no siempre fácil de localizar. Con Dolors Poch, Carme Riera, Anna Caballé y Alberto Blecua, por su generosidad y comprensión, tengo deudas que sólo podré pagar con mi aprecio y amistad.

---

13 El mismo Mihura comentó que «la pequeña y dulce prostituta» aparece a menudo en su obra (hasta veinte casos ha detectado Emilio de Miguel), porque es un personaje que «conozco muy bien». Se presenta a menudo revestida de ternura, de ingenuidad y buen corazón. El ejemplo más acabado es la protagonista de *Maribel y la extraña familia*.

SELECCIÓN BIBLIOGRÁFICA

En esta selección bibliográfica he incluido las ediciones más cuidadas de *Tres sombreros de copa* y los principales libros y artículos sobre el autor y la obra que edito. Prescindo de la mayoría de las entrevistas y comentarios de prensa para no alargar innecesariamente esta bibliografía.

ALÁS-BRUN, María Montserrat, *De la comedia del disparate al teatro del absurdo (1939-1946)*, PPU, Barcelona, 1995.

AMORÓS, Andrés, y MAYORAL, Marina, «*Tres sombreros de copa* (1952), de Miguel Mihura», en AA.VV., *Análisis de cinco comedias (Teatro español de la postguerra)*, Castalia, Madrid, 1977, pp. 10-48.

CÁMARA, E., «Revisión del teatro absurdo de humor en *Tres sombreros de copa* de Mihura», *Romance Languages Annual*, 5, 1993, pp. 367-369.

CANOA GALIANA, Joaquina, «Lectura de signos en *Tres sombreros de copa* de Miguel Mihura (Aplicación del concepto de interpretación)», *Signa*, I, 1992, pp. 189-200.

DURAS, Marguerite, «Marguerite Duras habla también de *Tres sombreros de copa*», *Primer acto*, 7 (marzo-abril de 1959), p. 64.

FERREIRO VILLANUEVA, Cristina, *Claves de «Tres sombreros de copa». Miguel Mihura*, Ciclo, Madrid, 1990.

FRAILE, Medardo, «Teatro y vida en España: *La camisa, La corbata* y *Tres sombreros de copa*», *Prohemio*, I, 2 (1970), pp. 253-269.

IONESCO, Eugène, «El humor negro contra la mixtificación», *Primer acto*, 7 (marzo-abril de 1959), pp. 63-64.

LARA, Fernando, y RODRÍGUEZ, Eduardo, *Miguel Mihura en el infierno del cine*, Semana internacional de cine de Valladolid, Valladolid, 1990.

LÁZARO CARRETER, Fernando, «Nueva temporada en el Español», «Mihura y el absurdo» y «*Tres sombreros de copa*», *Blanco y negro*, 13, 20 y 27/IX/1992.

LONDON, John, «Miguel Mihura's Place in the Theater of the Absurd: Possible Reasons for and Objections to a Generic Approach», *Anales de la literatura española contemporánea*, 14, 1-3 (1989), pp. 79-95.

LÓPEZ CASANOVA, Arcadio, ed., Miguel Mihura, *Tres sombreros de copa*, Anaya (*Biblioteca didáctica*, 20), Madrid, 1986.

MAINER, José-Carlos, «La rendición de Paula», *De postguerra (1951-1990)*, Crítica, Barcelona, 1994, pp. 20-24.

McKay, Douglas, *Miguel Mihura*, Twayne, Boston, 1977.

Miguel Martínez, Emilio de, ed., Miguel Mihura, *Tres sombreros de copa*, Narcea, Madrid, 1978.

—, *El teatro de Miguel Mihura*, Universidad de Salamanca, Salamanca, 1997 (2ª. ed. revisada).

Mihura, Miguel, *Tres sombreros de copa. Ni pobre ni rico sino todo lo contrario. El caso de la mujer asesinadita*, Editora Nacional, Madrid, 1947.

—, ed., Miguel Mihura, *Tres sombreros de copa. Maribel y la extraña familia*, Castalia (*Clásicos Castalia*, 80), Madrid, 1979.

—, *Mis memorias*, Temas de hoy, Madrid, 1998 (1ª ed. 1948).

Mira Nouselles, Alberto, «Comedia y experimento: *Tres sombreros de copa*», *De silencios y espejos. Hacia una estética del teatro español contemporáneo*, Universidad de Valencia, Valencia, 1996, pp. 256-269.

Monleón, José, ed., *De «La codorniz». Tres sombreros de copa. La bella Dorotea. Ninette y un señor de Murcia*, Taurus, Madrid, 1965.

Moreiro, Julián, ed., Miguel Mihura, *Cuentos para perros*, Bruño, 1994.

Nieva, Francisco, «Propuesta escénica para *Tres sombreros de copa*», en AA.-VV., *Análisis de cinco comedias (Teatro español de la postguerra)*, Castalia, Madrid, 1977, pp. 49-53.

Paco, Mariano de, «Miguel Mihura y su teatro», *Monteagudo*, 60 (1978), pp. 9-19.

Ponce, Fernando, *Miguel Mihura*, Epesa, Madrid, 1972.

Rodríguez, Pedro, «Simplemente Mihura», *Arriba* (Suplemento dominical), 5/XI/1972.

Rodríguez Padrón, Jorge, ed., Miguel Mihura, *Tres sombreros de copa*, Cátedra (*Letras hispánicas*, 97), Madrid, 1979.

Ruiz Ramón, Francisco, «*Tres sombreros de copa*», *Historia del teatro español. Siglo XX*, Cátedra, Madrid, 1977³, pp. 321-328.

Tordera, Antonio, ed., Miguel Mihura, *Tres sombreros de copa*, Espasa Calpe (*Austral*, 63), Madrid, 1997.

Torrente Ballester, Gonzalo, «Miguel Mihura. *Tres sombreros de copa*», *Teatro español contemporáneo*, Guadarrama, Madrid, 1968², pp. 439-446.

Yáñez, María Pilar, «Miguel Mihura: *Tres sombreros de copa*. Tres discursos», *Révue Suisse des Litteratures Romanes*, 19 (1991), pp. 3-16.

Yndurái, Domingo, «Las opciones de Miguel Mihura», en AA.VV., *Homenaje al profesor José Fradejas Lebrero*, UNED, Madrid, 1993, vol. II. pp. 759-768.

TRES SOMBREROS
DE COPA

PERSONAJES

PAULA

FANNY

MADAME OLGA

SAGRA

TRUDY

CARMELA

DIONISIO

BUBY

DON ROSARIO

DON SACRAMENTO

EL ODIOSO SEÑOR

EL ANCIANO MILITAR

EL CAZADOR ASTUTO

EL ROMÁNTICO ENAMORADO

EL GUAPO MUCHACHO

EL ALEGRE EXPLORADOR

La acción en Europa, en una capital
de provincia de segundo orden.

Derechas e izquierdas, las del espectador.

ACTO PRIMERO

Habitación de un hotel de segundo orden en una capital de provincia. En la lateral izquierda, primer término, puerta cerrada de una sola hoja, que comunica con otra habitación. Otra puerta al foro[1] que da a un pasillo. La cama. El armario de luna. El biombo. Un sofá. Sobre la mesilla de noche, en la pared, un teléfono. Junto al armario, una mesita. Un lavabo. A los pies de la cama, en el suelo, dos maletas y dos sombrereras altas de sombreros de copa. Un balcón, con cortinas, y detrás el cielo. Pendiente del techo, una lámpara. Sobre la mesita de noche, otra lámpara pequeña.

(Al levantarse el telón, la escena está sola y oscura hasta que, por la puerta del foro, entran DIONISIO *y* DON RO-SARIO, *que enciende la luz del centro.* DIONISIO, *de calle, con sombrero, gabán y bufanda, trae en la mano una sombrerera parecida a las que hay en escena.* DON ROSARIO *es ese viejecito tan bueno de las largas barbas blancas.)*

DON ROSARIO. Pase usted, don Dionisio. Aquí, en esta habitación, le hemos puesto el equipaje.

DIONISIO. Pues es una habitación muy mona, don Rosario.

DON ROSARIO. Es la mejor habitación, don Dionisio. Y la más sana. El balcón da al mar. Y la vista es hermosa. *(Yendo hacia el balcón.)* Acérquese. Ahora no se ve bien porque es de noche. Pero, sin embargo, mire usted allí las lucecitas de las fa-

---

1 *foro*: 'parte posterior del escenario y opuesta a la embocadura'.

rolas del puerto. Hace un efecto muy lindo. Todo el mundo lo dice. ¿Las ve usted?

DIONISIO. No. No veo nada.

DON ROSARIO. Parece usted tonto, don Dionisio.

DIONISIO. ¿Por qué me dice usted eso, caramba?

DON ROSARIO. Porque no ve las lucecitas. Espérese. Voy a abrir el balcón. Así las verá usted mejor.

DIONISIO. No. No, señor. Hace un frío enorme. Déjelo. *(Mirando nuevamente.)* ¡Ah! Ahora me parece que veo algo. *(Mirando a través de los cristales.)* ¿Son tres lucecitas que hay allá a lo lejos?

DON ROSARIO. Sí. ¡Eso! ¡Eso!

DIONISIO. ¡Es precioso! Una es roja, ¿verdad?

DON ROSARIO. No. Las tres son blancas. No hay ninguna roja.

DIONISIO. Pues yo creo que una de ellas es roja. La de la izquierda.

DON ROSARIO. No. No puede ser roja. Llevo quince años enseñándoles a todos los huéspedes, desde este balcón, las lucecitas de las farolas del puerto, y nadie me ha dicho nunca que hubiese ninguna roja.

DIONISIO. Pero ¿usted no las ve?

DON ROSARIO. No. Yo no las veo. Yo, a causa de mi vista débil, no las he visto nunca. Esto me lo dejó dicho mi papá. Al morir mi papá me dijo: «Oye, niño, ven. Desde el balcón de la alcoba rosa se ven tres lucecitas blancas del puerto lejano. Enséñaselas a los huéspedes y se pondrán todos muy contentos...» Y yo siempre se las enseño...

DIONISIO. Pues hay una roja, yo se lo aseguro.

DON ROSARIO. Entonces, desde mañana, les diré a mis huéspedes que se ven tres lucecitas: dos blancas y una roja... Y se pondrán más contentos todavía. ¿Verdad que es una vista encantadora? ¡Pues de día es aún más linda!...

DIONISIO. ¡Claro! De día se verán más lucecitas...

DON ROSARIO. No. De día las apagan.

DIONISIO. ¡Qué mala suerte!

DON ROSARIO. Pero no importa porque en su lugar se ve la montaña, con una vaca encima muy gorda que, poquito a poco, se está comiendo toda la montaña...[1]

DIONISIO. ¡Es asombroso!

DON ROSARIO. Sí. La Naturaleza toda es asombrosa, hijo mío. *(Ya ha dejado* DIONISIO *la sombrerera junto a las otras. Ahora abre la maleta y de ella saca un pijama negro, de raso, con un pájaro bordado en blanco sobre el pecho, y lo coloca, extendido, a los pies de la cama. Y después, mientras habla* DON ROSARIO, DIONISIO *va quitándose el gabán, la bufanda y el sombrero, que mete dentro del armario.)* Ésta es la habitación más bonita de toda la casa... Ahora, claro, ya está estropeada del trajín... ¡Vienen tantos huéspedes en verano!... Pero hasta el piso de madera es mejor que el de los otros cuartos... Venga aquí... Fíjese... Este trozo no, porque es el paso y ya está gastado de tanto pisar... Pero mire usted debajo de la cama, que está más conservado... Fíjese qué madera, hijo mío... ¿Tiene usted cerillas?

DIONISIO. *(Acercándose a* DON ROSARIO.*)* Sí. Tengo una caja de cerillas y tabaco.

DON ROSARIO. Encienda usted una cerilla.

DIONISIO. ¿Para qué?

DON ROSARIO. Para que vea usted mejor la madera. Agáchese. Póngase de rodillas.

DIONISIO. Voy.

> *(Enciende una cerilla y los dos, de rodillas, miran debajo de la cama.)*

DON ROSARIO. ¿Qué le parece a usted, don Dionisio?

DIONISIO. ¡Que es magnífico!

---

1 La intención paródica de esta descripción de la «vista encantadora» resulta evidente cuando se la compara con lo que Mihura apunta en «Sentado alegre en la popa», reportaje en que el narrador-protagonista se manifiesta harto de «tanta puestecita de sol, tanta velita allí a lo lejos, tanta gaviotita, tanto farito que hace señales, tanto penachín de humo en el horizonte y tanta chuchería de tarjeta postal».

DON ROSARIO. *(Gritando.)* ¡Ay!

DIONISIO. ¿Qué le sucede?

DON ROSARIO. *(Mirando debajo de la cama.)* ¡Allí hay una bota!

DIONISIO. ¿De caballero o de señora?[2]

DON ROSARIO. No sé. Es una bota.

DIONISIO. ¡Dios mío!

DON ROSARIO. Algún huésped se la debe de haber dejado olvidada... ¡Y esas criadas ni siquiera la han visto al barrer!... ¿A usted le parece esto bonito?

DIONISIO. No sé qué decirle...

DON ROSARIO. Hágame el favor, don Dionisio. A mí me es imposible agacharme más, por causa de la cintura... ¿Quiere usted ir a coger la bota?

DIONISIO. Déjela usted, don Rosario... Si a mí no me molesta... Yo en seguida me voy a acostar, y no le hago caso...

DON ROSARIO. Yo no podría dormir tranquilo si supiese que debajo de la cama hay una bota... Llamaré ahora mismo a una criada.

(Saca una campanilla del bolsillo y la hace sonar.)

DIONISIO. No. No toque más. Yo iré por ella. *(Mete parte del cuerpo debajo de la cama.)* Ya está. Ya la he cogido. *(Sale con la bota.)* Pues es una bota muy bonita. Es de caballero...

DON ROSARIO. ¿La quiere usted, don Dionisio?

DIONISIO. No, por Dios; muchas gracias. Déjelo usted...

DON ROSARIO. No sea tonto. Ande. Si le gusta, quédese con ella. Seguramente nadie la reclamará... ¡Cualquiera sabe desde cuándo está ahí metida...!

---

2 Esta chocante pregunta —poco importa, al fin y al cabo, que la bota sea de caballero o de señora— constituye una especie de muletilla que Mihura emplea a veces en contextos más absurdos. Así, en *¡Viva lo imposible!* o *El contable de estrellas*, Sabino, al decir Palmira que ha visto un buzo en el fondo del mar, le pregunta: «¿De caballero o de señora?».

DIONISIO. No. No. De verdad. Yo no la necesito…

DON ROSARIO. Vamos. No sea usted bobo… ¿Quiere que se la envuelva en un papel, carita de nardo?

DIONISIO. Bueno, como usted quiera…

DON ROSARIO. No hace falta. Está limpia. Métasela usted en un bolsillo. (DIONISIO *se mete la bota en un bolsillo.*) Así…

DIONISIO. ¿Me levanto ya?

DON ROSARIO. Sí, don Dionisio, levántese de ahí, no sea que se vaya a estropear los pantalones…

DIONISIO. Pero ¿qué veo, don Rosario? ¿Un teléfono?

DON ROSARIO. Sí, señor. Un teléfono.

DIONISIO. Pero ¿un teléfono de esos por los que se puede llamar a los bomberos?

DON ROSARIO. Sí, señor. Y a los de las Pompas Fúnebres…

DIONISIO. ¡Pero esto es tirar la casa por la ventana, don Rosario! (*Mientras* DIONISIO *habla,* DON ROSARIO *saca de la maleta un chaquet, un pantalón y unas botas y los coloca dentro del armario.*) Hace siete años que vengo a este hotel y cada año encuentro una nueva mejora. Primero quitó usted las moscas de la cocina y se las llevó al comedor. Después las quitó usted del comedor y se las llevó a la sala. Y otro día las sacó usted de la sala y se las llevó de paseo, al campo, en donde, por fin, las[2] pudo usted dar esquinazo… ¡Fue magnífico! Luego puso usted la calefacción… Después suprimió usted aquella carne de membrillo que hacía su hija… Ahora el teléfono… De una fonda de segundo orden ha hecho usted un hotel confortable… Y los precios siguen siendo económicos… ¡Esto supone la ruina, don Rosario…!

DON ROSARIO. Ya me conoce usted, don Dionisio. No lo puedo remediar. Soy así. Todo me parece poco para mis huéspedes de mi alma…

DIONISIO. Pero, sin embargo, exagera usted… No está bien que cuando hace frío nos meta usted botellas de agua caliente en

---

2 *las*: por *les*, laísmo en que incurre a veces Mihura.

la cama; ni que cuando estamos constipados se acueste usted con nosotros para darnos más calor y sudar; ni que nos dé usted besos cuando nos marchamos de viaje. No está bien tampoco que, cuando un huésped está desvelado, entre usted en la alcoba con su cornetín de pistón e interprete romanzas[3] de su época, hasta conseguir que se quede dormidito... ¡Es ya demasiada bondad...! ¡Abusan de usted...!

DON ROSARIO. Pobrecillos... Déjelos..., casi todos los que vienen aquí son viajantes, empleados, artistas... Hombres solos... Hombres sin madre... Y yo quiero ser un padre para todos,[3] ya que no lo pude ser para mi pobre niño... ¡Aquel niño mío que se ahogó en un pozo...! *(Se emociona.)*

DIONISIO. Vamos, don Rosario... No piense usted en eso...

DON ROSARIO. Usted ya conoce la historia de aquel pobre niño que se ahogó en el pozo...

DIONISIO. Sí. La sé. Su niño se asomó al pozo para coger una rana... Y el niño se cayó. Hizo «¡pin!», y acabó todo.

DON ROSARIO. Ésa es la historia, don Dionisio. Hizo «¡pin!», y acabó todo. *(Pausa dolorosa.)* ¿Va usted a acostarse?

DIONISIO. Sí, señor.

DON ROSARIO. Le ayudaré, capullito de alhelí.[4] *(Y mientras, hablan, le ayuda a desnudarse, a ponerle el bonito pijama negro y a cambiarle los zapatos por unas zapatillas.)* A todos mis huéspedes los quiero, y a usted también, don Dionisio. Me fue usted tan simpático desde que empezó a venir aquí, ¡ya va para siete años!

---

3 *cornetín de pistón*: 'instrumento de viento, de la familia de la trompeta, de uso corriente en las bandas'. Se solía utilizar para producir efectos caricaturescos o imitar la música popular; *romanza*: 'composición musical con letra, para ser cantada por una sola voz, generalmente de carácter sencillo y tierno'.

3 En *Mis memorias* comenta Mihura que los camareros del café de Fornos, al igual que don Rosario, «gastaban barbas blancas y querían a los parroquianos como si fueran hijos suyos. A todos les daban un beso al entrar y les regalaban pedazos de pan y trozos de papeles viejos».

4 Quizá sea un recuerdo de la canción «Capullito de alhelí» (1931), obra del compositor puertorriqueño Rafael Hernández.

DIONISIO. ¡Siete años, don Rosario! ¡Siete años! Y desde que me destinaron a ese pueblo melancólico y llorón que, afortunadamente, está cerca de éste, mi única alegría ha sido pasar aquí un mes todos los años, y ver a mi novia y bañarme en el mar, y comprar avellanas, y dar vueltas los domingos alrededor del quiosco de la música, y silbar en la alameda *Las princesitas del dólar*...[5]

DON ROSARIO. ¡Pero mañana empieza para usted una vida nueva!

DIONISIO. ¡Desde mañana ya todos serán veranos para mí!... ¿Qué es eso? ¿Llora usted? ¡Vamos, don Rosario!...

DON ROSARIO. Pensar que sus padres, que en paz descansen, no pueden acompañarle en una noche como ésta... ¡Ellos serían felices!...

DIONISIO. Sí. Ellos serían felices viendo que lo era yo. Pero dejémonos de tristeza, don Rosario... ¡Mañana me caso! Ésta es la última noche que pasaré solo en el cuarto de un hotel. Se acabaron las casas de huéspedes. Las habitaciones frías, la gota de agua que se sale de la palangana, la servilleta con una inicial pintada con lápiz, la botella de vino con una inicial pintada con lápiz, el mondadientes con una inicial pintada con lápiz... Se acabó el huevo más pequeño del mundo, siempre frito...[6] Se acabaron las croquetas de ave... Se acabaron las bonitas vistas desde el balcón... ¡Mañana me caso! Todo esto acaba y empieza ella... ¡Ella!

---

5 Opereta de 1907 del compositor austriaco Leo Fall (1873-1925).

6 Para los cultivadores del humor nuevo, primero en *Gutiérrez* y luego en *La codorniz*, los huevos fritos se convirtieron, como alimento tópico por excelencia, en un tema recurrente, con una función similar a la que desempeñarán las patatas guisadas con tocino en Ionesco. En el tercer acto don Sacramento le dice a gritos a Dionisio que «a las personas honorables les tienen que gustar los huevos fritos» (p. 72). En un artículo de Mihura («La mujer») se caracteriza a las mujeres por su mayor o menor habilidad para freír huevos; en *Ni pobre ni rico, sino todo lo contrario*, Margarita, que presume de «freír los huevos fritos mejor que nadie», le promete a Abelardo que «cuando nos casemos, todos los días te daré huevos fritos para almorzar... Seremos felices...». En un chiste de *Tono* aparecido en *La ametralladora* (32, 5/IX/1937) se dice: «"¿De manera que su hija se casa?" "Sí, señora. Ya le han regalado el huevo frito de pedida".»

DON ROSARIO. ¿La quiere usted mucho?

DIONISIO. La adoro, don Rosario, la adoro. Es la primera novia que he tenido y también la última. Ella es una santa.

DON ROSARIO. ¡Habrá estado usted allí, en su casa, todo el día!...

DIONISIO. Sí. Llegué esta mañana, mandé aquí el equipaje y he comido con ellos y he cenado también. Los padres me quieren mucho... ¡Son tan buenos!...

DON ROSARIO. Son unas bellísimas personas... Y su novia de usted es una virtuosa señorita...[7] Y, a pesar de ser de una familia de dinero, nada orgullosa... *(Tuno.)*[4] Porque ella tiene dinerito, don Dionisio.

DIONISIO. Sí. Ella tiene dinerito, y sabe hacer unas labores muy bonitas y unas hermosas tartas de manzana... ¡Ella es un ángel!

DON ROSARIO. *(Por una sombrerera.)* ¿Y qué lleva usted aquí, don Dionisio?

DIONISIO. Un sombrero de copa, para la boda. *(Lo saca.)* Éste me lo ha regalado mi suegro hoy. Es suyo. De cuando era alcalde. Y yo tengo otros dos que me he comprado. *(Los saca.)* Mírelos usted. Son muy bonitos. Sobre todo se ve en seguida que son de copa, que es lo que hace falta... Pero no me sienta bien ninguno... *(Se los va probando ante el espejo.)* Fíjese. Éste me está chico... Éste me hace una cabeza muy grande... Y éste dice mi novia que me hace cara de salamandra...[5]

DON ROSARIO. Pero ¿de salamandra española o de salamandra extranjera?

---

4 *tuno*: en sentido afectuoso, 'granuja, pícaro'.

5 *salamandra*: probablemente se refiere, no al anfibio parecido al lagarto, sino a una 'estufa de carbón de combustión lenta', pues Dionisio le dirá poco después a Margarita que no va a llevar el sombrero que le hace cara de «chubeski» (véase nota 6).

7 Aunque don Rosario no lo pretende, el calificativo de *virtuosa señorita* tiene un evidente sentido irónico, como lo prueba el retrato que se hace de la novia en la obra o la reaparición de la misma expresión en *La tetera*, obra de Mihura en la que Alicia, a la que también se la denomina así, incita a su cuñado Juan al asesinato.

DIONISIO. Ella sólo me ha dicho que de salamandra. Por cierto... que, con este motivo, la dejé enfadada... Es tan inocente... ¿El teléfono funciona? Voy a ver si se le ha pasado el enfado... Se llevará una alegría...

> (*El último sombrero de copa se lo ha dejado puesto en la cabeza y, con él, seguirá hablando hasta que se indique.*)

DON ROSARIO. Llame usted abajo y el ordenanza le pondrá en comunicación con la calle.

DIONISIO. Sí, señor. (*Al aparato.*) Sí. ¿Me hace usted el favor, con la calle? Sí, gracias.

DON ROSARIO. A lo mejor ya se han acostado. Ya es tarde.

DIONISIO. No creo. Aún no son las once. Ella duerme junto a la habitación donde está el teléfono... Ya está. (*Marca.*) Uno-nueve-cero. Eso es. ¡Hola! Soy yo. El señorito Dionisio. Que se ponga al aparato la señorita Margarita. (*A* DON ROSA-RIO.) Es la criada... Ya viene ella... (*Al aparato.*) ¡Bichito mío! Soy yo. Sí. Te llamo desde el hotel... Tengo teléfono en mi mismo cuarto... Sí, Caperucita Encarnada... No... Nada... Para que veas que me acuerdo de ti... Oye, no voy a llevar el sombrero que me hace cara de chubeski...[6] Fue una broma... Yo no hago más que lo que tú me mandes... Sí, amor mío... (*Pausa.*) Sí, amor mío... (*De repente, encoge una pierna, tapa con la mano el micrófono y da un pequeño grito.*) Don Rosario... ¿En esta habitación hay pulgas?

DON ROSARIO. No sé, hijo mío...

DIONISIO. (*Al aparato.*) Sí, amor mío. (*Vuelve a tapar el micrófono.*) ¿Su papá, cuando murió, no le dejó dicho nada de que en esta habitación hubiese pulgas? (*Al aparato.*) Sí, amor mío...

DON ROSARIO. Realmente, creo que me dejó dicho que había una...

---

6 *chubeski*: o *chubesqui*, 'estufa de agua caliente con forma cilíndrica y paredes dobles'.

DIONISIO. *(Que sigue rascándose una pantorrilla contra otra, desesperado.)* Pues me está devorando una pantorrilla... Haga el favor, don Rosario, rásqueme usted... *(DON ROSARIO le rasca.)* No; más abajo. *(Al aparato.)* Sí, amor mío... *(Tapa.)* ¡Más arriba! Espere... Tenga esto.

> *(Le da el auricular a DON ROSARIO, que se lo pone al oído, mientras DIONISIO se busca la pulga, muy nervioso.)*

DON ROSARIO. *(Escucha por el aparato, en donde se supone que la novia sigue hablando, y toma una expresión dulcísima.)* Sí, amor mío... *(Muy tierno.)* Sí, amor mío...

DIONISIO. *(Que, por fin, mató la pulga.)* Ya está. Déme... *(DON ROSARIO le da el auricular.)* Sí... Yo también dormiré con tu retrato debajo de la almohada... Si te desvelas, llámame tú después. *(Rascándose otra vez.)* Adiós, bichito mío. *(Cuelga.)* ¡Es un ángel!...

DON ROSARIO. Si quiere usted diré abajo que le dejen en comunicación con la calle, y así hablan ustedes cuanto quieran...

DIONISIO. Sí, don Rosario. Muchas gracias. Quizá hablemos más...

DON ROSARIO. ¿A qué hora es la boda, don Dionisio?

DIONISIO. A las ocho. Pero vendrán a recogerme antes. Que me llamen a las siete, por si acaso se me hace tarde. Voy de chaqué y es muy difícil ir de chaqué... Y luego esos tres sombreros de copa...

DON ROSARIO. ¿Me deja usted que le dé un beso, rosa de pitiminí?[7] Es el beso que le daría su padre en una noche como ésta. Es el beso que yo nunca podré dar a aquel niño mío que se me cayó en un pozo...

DIONISIO. Vamos, don Rosario.

---

7 *rosa de pitiminí*: apelativo cursi que, como el resto de los que don Rosario emplea con Dionisio, resulta grotesco dicho por un hombre a otro hombre. El *rosal de pitiminí* es de tallos trepadores y echa muchas rosas pequeñas.

DON ROSARIO. Se asomó al pozo, hizo «¡pin!» y acabó todo...

DIONISIO. ¡Don Rosario!...

DON ROSARIO. Bueno. Me voy. Usted querrá descansar... ¿Quiere usted que le suba un vasito de leche?

DIONISIO. No, señor. Muchas gracias.

DON ROSARIO. ¿Quiere usted que le suba un poco de mojama?[8]

DIONISIO. No.

DON ROSARIO. ¿Quiere usted que me quede aquí, hasta que se duerma, no se vaya a poner nervioso? Yo me subo el cornetín y toco... Toco «El carnaval en Venecia»,[8] toco «La serenata de Toselli»...[9] Y usted duerme y sueña...

DIONISIO. No, don Rosario. Muchas gracias.

DON ROSARIO. Mañana me levantaré temprano para despedirle. Todos nos levantaremos temprano...

DIONISIO. No, por Dios, don Rosario. Eso sí que no. No diga usted a nadie que me voy a casar. Me da mucha vergüenza...

DON ROSARIO. *(Ya junto a la puerta del foro, para salir.)* Bueno, pues si usted no quiere, no le despediremos todos en la puerta... Pero resultaría tan hermoso... En fin... Ahí se queda usted solito. Piense que desde mañana tendrá que hacer feliz a una virtuosa señorita... Sólo en ella debe usted pensar...

DIONISIO. *(Que ha sacado del bolsillo de la americana una cartera, de la que extrae un retrato que contempla embelesado, mete la cartera y el retrato debajo de la almohada y dice, muy romántico:)* ¡Durante siete años sólo en ella he pensado! ¡Noche y día! A todas horas... En estas horas que me faltan para ser feliz, ¿en quién iba a pensar? Hasta mañana, don Rosario...

---

8 *mojama*: 'carne salada y desecada de atún, que se vende en tiras'. Dadas la hora y la circunstancia, no parece la comida más apropiada.

8 Debe referirse a las variaciones para violín y piano de Niccolò Paganini (1782-1840), sobre el aire popular veneciano «O mamma mia», de 1829, y no —como suele anotarse— a la obra de A. Campra, *Le Carnaval de Venise*.

9 Enrico Toselli (1883-1926), pianista y compositor italiano.

DON ROSARIO. Hasta mañana, carita de madreselva.

> *(Hace una reverencia. Sale. Cierra la puerta. DIONISIO*
> *cierra las maletas, mientras silba una fea canción pasada de*
> *moda. Después se tumba sobre la cama sin quitarse el som-*
> *brero. Mira el reloj.)*

DIONISIO. Las once y cuarto. Quedan apenas nueve horas... *(Da*
cuerda al reloj.) Nos debíamos haber casado esta tarde y no ha-
bernos separado esta noche ya... Esta noche sobra... Es una
noche vacía. *(Cierra los ojos.)* ¡Nena! ¡Nena! ¡Margarita! *(Pau-*
sa. Y después, en la habitación de al lado, se oye un portazo y un
rumor fuerte de conversación, que poco a poco va aumentando. DIO-
NISIO *se incorpora.)* ¡Vamos, hombre! ¡Una bronca ahora! Vaya
unas horas para reñir... *(Su vista tropieza con el espejo, en donde*
se ve con el sombrero de copa en la cabeza y, sentado en la cama, di-
ce:) Sí. Ahora parece que me hace cara de apisonadora...

> *(Se levanta. Va hacia la mesita, donde dejó los otros dos*
> *sombreros y, nuevamente, se los prueba. Y cuando tiene uno en*
> *la cabeza y los otros dos uno en cada mano, se abre rápida-*
> *mente la puerta de la izquierda y entra* PAULA, *una mara-*
> *villosa muchacha rubia, de dieciocho años que, sin reparar en*
> DIONISIO, *vuelve a cerrar de un golpe y, de cara a la puerta*
> *cerrada, habla con quien se supone ha quedado dentro.* DIO-
> NISIO, *que la ve reflejada en el espejo, muy azorado,*[9] *no*
> *cambia de actitud.)*

PAULA. ¡Idiota!

BUBY. *(Dentro.)* ¡Abre!

PAULA. ¡No!

BUBY. ¡Abre!

PAULA. ¡No!

BUBY. ¡Que abras!

PAULA. ¡Que no!

BUBY. *(Todo muy rápido.)* ¡Imbécil!

---

9 *azorado*: 'aturdido, turbado, avergonzado'.

PAULA. ¡Majadero!

BUBY. ¡Estúpida!

PAULA. ¡Cretino!

BUBY. ¡Abre!

PAULA. ¡No!

BUBY. ¡Que abras!

PAULA. ¡Que no!

BUBY. ¿No?

PAULA. ¡No!

BUBY. Está bien.

PAULA. Pues está bien. *(Y se vuelve. Y al volverse, ve a* DIONISIO.*)* ¡Oh, perdón! Creí que no había nadie...

DIONISIO. *(En su misma actitud frente al espejo.)* Sí...

PAULA. Me apoyé en la puerta y se abrió... Debía estar sin encajar del todo... Y sin llave...

DIONISIO. *(Azoradísimo.)* Sí...

PAULA. Por eso entré...

DIONISIO. Sí...

PAULA. Yo no sabía...

DIONISIO. No...

PAULA. Estaba riñendo con mi novio.

DIONISIO. Sí...

PAULA. Es un idiota...

DIONISIO. Sí...

PAULA. ¿Acaso le han molestado nuestros gritos?

DIONISIO. No.

PAULA. Es un grosero...

BUBY. *(Dentro.)* ¡Abre!

PAULA. ¡No! *(A* DIONISIO.*)* Es muy feo y muy tonto... Yo no le quiero... Le estoy haciendo rabiar... Me divierte mucho hacerle rabiar... Y no le pienso abrir... Que se fastidie ahí dentro... *(Para la puerta.)* Anda, anda, fastídiate...

BUBY. *(Golpeando.)* ¡Abre!

PAULA. *(El mismo juego.)* ¡No!… Claro que, ahora que me fijo, le he asaltado a usted la habitación. Perdóneme. Me voy. Adiós.

DIONISIO. *(Volviéndose y quedando ya frente a ella.)* Adiós, buenas noches.

PAULA. *(Al notar su extraña actitud con los sombreros, que le hacen parecer un malabarista.)* ¿Es usted también artista?

DIONISIO. Mucho.

PAULA. Como nosotros. Yo soy bailarina. Trabajo en el ballet de Buby Barton.[10] Debutamos mañana en el Nuevo Music-Hall. ¿Acaso usted también debuta mañana en el Nuevo Music-Hall? Aún no he visto los programas. ¿Cómo se llama usted?

DIONISIO. Dionisio Somoza Buscarini.

PAULA. No. Digo su nombre en el teatro.

DIONISIO. ¡Ah! ¡Mi nombre en el teatro! Pues como todo el mundo!…

PAULA. ¿Cómo?

DIONISIO. Antonini.

PAULA. ¿Antonini?

DIONISIO. Sí. Antonini. Es muy fácil. Antonini. Con dos enes…

PAULA. No recuerdo. ¿Hace usted malabares?

DIONISIO. Sí. Claro. Hago malabares.

---

10 Para este personaje, Mihura debió de inspirarse en el bailarín negro Buby Curry, que popularizó en España el charlestón en la revista *El sobre verde*. Este bailarín formaba parte —junto con el autor— de la compañía Alady en la gira que inspiró esta obra. Buby Curry debió de ser un imitador del cantante y artista de variedades Al Jolson, quien triunfó en los años veinte pintándose la cara de negro. Es la época en que se pone de moda en Europa, y en España, el *negrismo*: la música de jazz, el charlestón, la danza de Josephine Baker (el vestido con plátanos que Sagra luce en el segundo acto es posible que esté inspirado en uno similar que llevaba Baker), el espectáculo musical protagonizado por negros. Una novela como la de Alberto Insúa, *El negro que tenía el alma blanca* (1922) o el charlestón «Madre, cómprame un negro» (1926), son buena prueba de ello, como lo es también la huella que deja el tema en la generación del 27. Ángel Zúñiga ha escrito que, en 1929, «los negros están de moda» en Europa (*Una historia del cuplé*, p. 310).

BUBY. *(Dentro.)* ¡Abre!

PAULA. ¡No! *(Se dirige a* DIONISIO.*)* ¿Ensayaba usted?

DIONISIO. Sí. Ensayaba.

PAULA. ¿Hace usted solo el número?

DIONISIO. Sí. Claro. Yo hago solo el número. Como mis papás se murieron, pues claro...

PAULA. ¿Sus padres también eran artistas?

DIONISIO. Sí. Claro. Mi padre era comandante de Infantería. Digo, no.

PAULA. ¿Era militar?

DIONISIO. Sí. Era militar. Pero muy poco. Casi nada. Cuando se aburría solamente. Lo que más hacía era tragarse el sable.[10] Le gustaba mucho tragarse su sable. Pero claro, eso les gusta a todos...

PAULA. Es verdad... Eso les gusta a todos... ¿Entonces, todos, en su familia, han sido artistas de circo?

DIONISIO. Sí. Todos. Menos la abuelita. Como estaba tan vieja, no servía. Se caía siempre del caballo... Y todo el día se pasaban los dos discutiendo...

PAULA. ¿El caballo y la abuelita?

DIONISIO. Sí. Los dos tenían un genio terrible... Pero el caballo decía muchas más picardías...

PAULA. Nosotras somos cinco. Cinco *girls*.[11] Vamos con Buby Barton hace ya un año. Y también con nosotros viene madame Olga, la mujer de las barbas. Su número gusta mucho. Hemos llegado esta tarde para debutar mañana. Los demás, después de cenar, se han quedado en el café que hay abajo... Esta población es tan triste... No hay adónde ir y llueve siempre... Y a mí el plan del café me aburre... Yo no soy

---

10 *tragarse el sable*: tal y como suelen hacer los faquires en el circo, idea que le sugiere el haber afirmado que su padre «era militar».

11 *girls*: 'chicas, muchachas'; es palabra inglesa, usada aquí por la relación de este idioma con el mundo del espectáculo.

una muchacha como las demás... Y me subí a mi cuarto para tocar un poco mi gramófono... Yo adoro la música de los gramófonos... Pero detrás subió mi novio, con una botella de licor, y me quiso hacer beber, porque él bebe siempre... Y he reñido por eso... y por otra cosa, ¿sabe? No me gusta que él beba tanto...

DIONISIO. Hace mucho daño para el hígado... Un señor que yo conocía...

BUBY. *(Dentro.)* ¡Abre!

PAULA. ¡No! ¡Y no le abro! Ahora me voy a sentar para que se fastidie. *(Se sienta en la cama.)* ¿No le molestaré?

DIONISIO. Yo creo que no.

PAULA. Ahora que sé que es usted un compañero, ya no me importa estar aquí... (BUBY *golpea la puerta.)* Debe de estar furioso... Debe de estar ciego de furor...

DIONISIO. *(Miedoso.)* Yo creo que le debíamos abrir, oiga...

PAULA. No. No le abrimos.

DIONISIO. Bueno.

PAULA. Siempre estamos peleando.

DIONISIO. ¿Hace mucho tiempo que son ustedes novios?

PAULA. No. No sé. Dos días. Dos días o tres. A mí no me gusta. Pero se aburre una tanto en estos viajes por provincias... El caso que es simpático, pero cuando bebe o cuando se enfada se pone hecho una fiera... Da miedo verle.

DIONISIO. *(Muy cobarde.)* Le voy a abrir ya, oiga...

PAULA. No. No le abrimos.

DIONISIO. Es que después va a estar muy enfadado y la va a tomar conmigo...

PAULA. Que esté. No me importa.

DIONISIO. Pero es que a lo mejor, por hacer esto, le reñirá a usted su mamá.

PAULA. ¿Qué mamá?

DIONISIO. La suya.

PAULA. ¿La mía?

DIONISIO. Sí. Su papa o su mamá.

PAULA. Yo no tengo papá ni mamá.

DIONISIO. Pues sus hermanos.

PAULA. No tengo hermanos.

DIONISIO. Entonces, ¿con quién viaja usted? ¿Va usted sola con su novio y con esos señores?

PAULA. Sí. Claro. Voy sola. ¿Es que yo no puedo ir sola?

DIONISIO. A mí, allá cuentos…

BUBY. *(Dentro, ya rabioso.)* ¡Abre, abre y abre!

PAULA. Le voy a abrir ya. Está demasiado enfadado.

DIONISIO. *(Más cobarde aún.)* Oiga. Yo creo que no le debía usted abrir…

PAULA. Sí. Le voy a abrir. *(Abre la puerta y entra* BUBY, *un bailarín negro con un ukelele[12] en la mano.)*[11] ¡Ya está! ¿Qué hay? ¿Qué pasa? ¿Qué quieres?

BUBY. Buenas noches.

DIONISIO. Buenas noches.

PAULA. *(Presentando.)* Este señor es malabarista.

BUBY. ¡Ah! ¡Es malabarista!

PAULA. Debuta también mañana en el Nuevo Music-Hall… Su papá se tragaba el sable…

DIONISIO. Perdone que no le dé la mano… *(Por los sombreros, con los que sigue en la misma actitud.)* Como tengo esto…, pues no puedo.

12 *ukelele*: 'guitarra pequeña de cuatro cuerdas, originaria de Indonesia, que solía utilizarse en las primitivas orquestas de jazz y para acompañar a vocalistas'. En *Mis memorias*, Mihura describe las condiciones indispensables para gustarle a las mujeres de la época: ser alto, tonto, torero, duque, saber tocar el ukelele, tragarse sables, tener dos bigotes, decir *au revoir*, maullar y tener el pelo rizado.

11 En la «Autocrítica» (1952) a la obra del propio autor se comenta que «derramó lágrimas muy amargas cuando tuvo que inventar el negro más falso de la Negrería».

BUBY. *(Displicente.)*[13] ¡Un compañero! ¡Entra dentro Paula!...

PAULA. ¡No entro, Buby!

BUBY. ¿No entras, Paula?

PAULA. No entro, Buby.

BUBY. Pues yo tampoco entro, Paula.

> *(Se sientan en la cama, uno a cada lado de* DIONISIO, *que también se sienta y que cada vez está más azorado.* BU-BY *empieza a silbar una canción americana, acompañándose con su ukelele.* PAULA *le sigue, y también* DIONISIO. *Acaban la pieza. Pausa.)*

DIONISIO. *(Para romper, galante, el violento silencio.)* ¿Y hace mucho tiempo que es usted negro?

BUBY. No sé. Yo siempre me he visto así en la luna de los espejitos...

DIONISIO. ¡Vaya por Dios! ¡Cuando viene una desgracia nunca viene sola! ¿Y de qué se quedó usted así? ¿De alguna caída?...

BUBY. Debió de ser eso, señor...

DIONISIO. ¿De una bicicleta?

BUBY. De eso, señor...

DIONISIO. ¡Cómo que a los niños no se les debe comprar bicicletas! ¿Verdad, señorita? Un señor que yo conocía...

PAULA. *(Que, distraída, no hace caso a este diálogo.)* Este cuarto es mejor que el mío...

DIONISIO. Sí. Es mejor. Si quiere usted lo cambiamos. Yo me voy al suyo y ustedes se quedan aquí. A mí no me cuesta trabajo... Yo recojo mis cuatro trapitos... Además de ser más grande, tiene una vista magnífica. Desde el balcón se ve el mar... Y en el mar tres lucecitas... El suelo también es muy mono... ¿Quieren ustedes mirar debajo de la cama?...

---

13 *displicente*: 'desdeñoso'.

BUBY. *(Seco.)* No.

DIONISIO. Anden. Miren debajo de la cama. A lo mejor encuentran otra bota… Debe de haber muchas…

PAULA. *(Que sigue distraída y sin hacer mucho caso de lo que dice* DIONISIO, *siempre azoradísimo.)* Haga usted algún ejercicio con los sombreros. Así nos distraeremos. A mí me encantan los malabares…

DIONISIO. A mí también. Es admirable eso de tirar las cosas al aire y luego cogerlas… Parece que se van a caer y luego resulta que no se caen… ¡Se lleva uno cada chasco!

PAULA. Ande. Juegue usted.

DIONISIO. *(Muy extrañado.)* ¿Yo?

PAULA. Sí. Usted.

DIONISIO. *(Jugándose el todo por el todo.)* Voy. *(Se levanta. Tira los sombreros al aire y, naturalmente, se caen al suelo, en donde los deja. Y se vuelve a sentar.)* Ya está.

PAULA. *(Aplaudiendo.)* ¡Oh! ¡Qué bien! ¡Déjeme probar a mí! Yo no he probado nunca. *(Coge los sombreros del suelo.)* ¿Es difícil? ¿Se hace así? *(Los tira al aire.)* ¡Hoop!

(Se caen.)

DIONISIO. ¡Eso! ¡Eso! ¡Ha aprendido usted en seguida! *(Recoge del suelo los sombreros y se los ofrece a* BUBY.*)* ¿Y usted? ¿Quiere jugar también un poco?

BUBY. No. *(Y suena el timbre del teléfono.)* ¿Un timbre?

PAULA. Sí. Es un timbre.

DIONISIO. *(Desconcertado.)* Debe de ser visita.

PAULA. No. Es aquí dentro. Es el teléfono.

DIONISIO. *(Disimulando, porque él sabe que es su novia.)* ¿El teléfono?

PAULA. Sí.

DIONISIO. ¡Qué raro! Debe de ser algún niño que está jugando y por eso suena…

PAULA. Mire usted quién es.

DIONISIO. No. Vamos a hacerle rabiar.

PAULA. ¿Quiere usted que mire yo?

DIONISIO. No. No se moleste. Yo lo veré. *(Mira por el auricular.)* No se ve a nadie.

PAULA. Hable usted.

DIONISIO. ¡Ah! Es verdad. *(Habla, fingiendo la voz.)* ¡No! ¡No!

(Y cuelga.)

PAULA. ¿Quién era?

DIONISIO. Nadie. Era un pobre.

PAULA. ¿Un pobre?

DIONISIO. Sí. Un pobre. Quería que le diese diez céntimos. Y le he dicho que no.

BUBY. *(Se levanta, ya indignado.)* Paula, vámonos a nuestro cuarto.

PAULA. ¿Por qué?

BUBY. Porque me da la gana a mí.

PAULA. *(Descarada.)* ¿Y quién eres tú?

BUBY. Soy quien tiene derecho a decirte eso. Entra dentro ya de una vez. Esto se ha acabado. Esto no puede seguir así más tiempo...

PAULA. *(En pie, declamando, frente a* BUBY, *y cogiendo en medio a* DIONISIO, *que está fastidiadísimo.)* ¡Y es verdad! Estoy ya harta de tolerarte groserías... Eres un negro insoportable, como todos los negros. Y te aborrezco... ¿Me comprendes? Te aborrezco... Y esto se ha acabado... No te puedo ver... No te puedo aguantar...

BUBY. Yo, en cambio, a ti te adoro, Paula... Tú sabes que te adoro y que conmigo no vas a jugar... ¡Tú sabes que te adoro, flor de la chirimoya!...

PAULA. ¿Y qué? ¿Tú crees que yo puedo enamorarme de ti? ¿Es que tú crees que yo puedo enamorarme de un negro? No, Buby. Yo no podré enamorarme de ti nunca... Hemos sido novios algún tiempo... Ya es bastante. He sido novia tuya por lástima... Porque te veía triste y aburrido... Porque eres negro... Porque cantabas esas tristes canciones de la plantación... Porque me contabas que de pequeño te comían los mosquitos, y te mordían los monos, y tenías que subirte a las palmeras y a los cocoteros... Pero nunca te he querido, ni nunca te podré querer... Debes comprenderlo... ¡Quererte a ti! Para eso querría a este caballero, que es más guapo... A este caballero, que es una persona educada... A este caballero, que es blanco...

BUBY. *(Con odio.)* ¡Paula!

PAULA. *(A* DIONISIO.*)* ¿Verdad, usted, que de un negro no se puede enamorar nadie?

DIONISIO. Si es honrado y trabajador...

BUBY. ¡Entra dentro!

PAULA. ¡No entro! *(Se sienta.)* ¡No entro! ¿Lo sabes? ¡No entro!

BUBY. *(Sentándose también.)* Yo esperaré a que tú te canses de hablar con el rostro pálido...

(Nueva pausa violenta.)

DIONISIO. ¿Quieren ustedes que silbemos otra cosita? También sé *Marina*.[12]

FANNY. *(Dentro.)* ¡Paula! ¿Dónde estáis? *(Se asoma por la puerta de la izquierda.)* ¿Qué hacéis aquí? *(Entra. Es otra alegre muchacha del ballet.)* ¿Qué os pasa? *(Y nadie habla.)* Pero ¿qué tenéis? ¿Qué os sucede? ¿Ya habéis regañado otra vez...? Pues sí que lo estáis pasando bien... En cambio, nosotras, estamos divertidísimas... Hay unos señores abajo, en el café, que nos quieren invitar ahora a unas botellas de champaña... Las demás se han quedado abajo con ellos y con madame Olga, y ahora subirán y cantaremos y bailaremos hasta la madrugada... ¿No

---

12 Zarzuela de ambiente marinero (la acción transcurre en Lloret de Mar) compuesta en 1855 por Emilio Arrieta (1823-1894), que en 1871, con libreto de Francisco Camprodón, convirtió en ópera. Quizá debido a lo pegadizo de su melodía es una de las más populares entre las españolas.

habláis? Pues sí que estáis aviados... *(Por* DIONISIO.*)* ¿Quién es este señor...? ¿No oís? ¿Quién es este señor...?

PAULA. No sé.

FANNY. ¿No sabes?

PAULA. *(A* DIONISIO.*)* ¡Dígale usted quién es!

DIONISIO. *(Levantándose.)* Yo soy Antonini...

FANNY. ¿Cómo está usted?

DIONISIO. Bien. ¿Y usted?

PAULA. Es malabarista. Debuta también mañana en el Nuevo Music-Hall.

FANNY. Bueno..., pero a vosotros, ¿qué os pasa?

PAULA. No nos pasa nada.

FANNY. Vamos. Decídmelo. ¿Qué os pasa?

PAULA. Que te lo explique este señor.

FANNY. Explíquemelo usted...

DIONISIO. Si yo lo sé contar muy mal...

FANNY. No importa.

DIONISIO. Pues nada... Es que están un poco disgustadillos... Pero no es nada. Es que este negro es un idiota...

BUBY. *(Amenazador.)* ¡Petate!¹⁴

DIONISIO. No. Perdone usted. Si es que me he equivocado... No es un idiota... Es que como es negro, pues tiene su geniecillo... Pero el pobre no tiene la culpa... Él, ¿qué le va hacer, si se cayó de una bicicleta?... Peor hubiera sido haberse quedado manquito... Y la señorita ésta se lo ha dicho... y, ¡bueno!, se ha puesto que ya, ya...

FANNY. ¿Y qué más?

DIONISIO. No; si ya se ha acabado...

FANNY. Total, que siempre estáis lo mismo... Tú eres tonta, Paula.

---

14 *petate*: 'hombre insignificante o mentiroso'.

PAULA. *(Se levanta, descarada.)* ¡Pues si soy tonta, mejor!

(Y hace mutis[15] por la izquierda.)

FANNY. La culpa la tienes tú, Buby, por ser tan grosero...

BUBY. *(El mismo juego.)* ¡Pues si soy grosero, mejor!

(Y también se va por la izquierda.)

FANNY. *(A* DIONISIO.*)* Pues entonces yo también me voy a marchar...

DIONISIO. Pues si se va usted a marchar, mejor...

FANNY. *(Cambia de idea y se sienta en la cama y saca un cigarrillo de su bolso.)* ¿Tiene usted una cerilla?

DIONISIO. Sí.

FANNY. Démela.

DIONISIO. *(Que está azorado y distraído, se mete la mano en el bolsillo y, sin darse cuenta, en vez de darle las cerillas le da la bota.)* Tome.

FANNY. ¿Qué es esto?

DIONISIO. *(Más azorado todavía.)* ¡Ah! Perdone. Esto es para encender. Las cerillas las tengo aquí. *(Enciende una cerilla en la suela de la bota.)* ¿Ve usted? Se hace así. Es muy práctico. Yo siempre la llevo, por eso... ¡Donde esté una bota que se quiten esos encendedores!...

FANNY. Siéntese aquí.

DIONISIO. *(Sentándose a su lado en la cama.)* Gracias. *(Ella fuma.* DIONISIO *la mira, muy extrañado.)* ¿También lo sabe usted echar por la nariz?

FANNY. Sí.

DIONISIO. *(Entusiasmado.)* ¡Qué tía!

FANNY. ¿Qué le parecen a usted estos dos?

---

15 *hacer mutis*: 'retirarse de escena'.

DIONISIO. Que son muy guapos.

FANNY. ¿Verdad usted que sí, Tonini? *(Y, cariñosamente, le empuja para atrás.* DIONISIO *cae de espaldas sobre la cama, con las piernas en alto. La cosa le molesta un poco, pero no dice nada. Y vuelve a sentarse.)* Ella no le quiere... Pero él, sí... Él la quiere a su manera, y los negros quieren de una manera muy pasional... Buby la quiere... Y con Buby no se puede andar jugando, porque, cuando bebe, es malo... Paula ha hecho mal en meterse en esto... *(Se fija en un pañuelo que lleva* DIONISIO *en el bolsillo alto del pijama.)* Es bonito este pañuelo. *(Lo coge.)* Para mí, ¿verdad?...

DIONISIO. ¿Está usted acatarrada?

FANNY. No. ¡Es que me gusta! *(Y le da otro empujón, cayendo* DIONISIO *en la misma ridícula postura. Esta vez la broma le molesta más, pero tampoco dice nada.)* Paula no es como yo... Yo soy mucho más divertida... Si me gusta un hombre, se lo digo... Cuando me deja de gustar, se lo digo también... ¡Yo soy más frescales, hijo de mi vida! ¡Ay, qué requetefrescales soy! *(Mira los ojos de* DIONISIO *fijamente.)* Oye, tienes unos ojos muy bonitos...

DIONISIO. *(Siempre despistado.)* ¿En dónde?

FANNY. ¡En tu carita, *salao*!

> *(Y le da otro empujón.* DIONISIO *esta vez reacciona rabioso, como un niño, y dice ya, medio llorando.)*

DIONISIO. ¡Cómo me vuelva usted a dar otro empujón, maldita sea, le voy a dar a usted una bofetada, maldita sea, que se va usted a acordar de mí, maldita sea!...

FANNY. ¡Ay, hijo! ¡Qué genio! ¿Y debuta usted también mañana con nosotros?

DIONISIO. *(Enfadado.)* Sí.

FANNY. ¿Y qué hace usted?

DIONISIO. Nada.

FANNY. ¿Nada?

DIONISIO. Muy poquito… Como empiezo ahora, pues claro…,
¿qué voy a hacer?

FANNY. Pero algo hará usted… Dígamelo…

DIONISIO. Pero si es una tontería… Verá usted… Pues primero,
va y toca la música un ratito… Así… ¡Parapapá, parapapá,
parapapá…! Y entonces, entonces, voy yo, y salgo… y se
calla la música… *(Ya todo muy rápido y haciéndose un lío.)* Y
ya no hace parapá ni nada. Y yo voy, voy yo, salgo y hago
¡hoop…! Y hago ¡hoop…! Y en seguida me voy, y me meto
dentro… Y ya se termina…

FANNY. Es muy bonito…

DIONISIO. No vale nada…

FANNY. ¿Y gusta su número?

DIONISIO. ¡Ah! Eso yo no lo sé…

FANNY. Pero ¿le aplauden?

DIONISIO. Muy poco… Casi nada… Como está todo tan caro…

FANNY. Eso es verdad… *(Suena el timbre del teléfono.)* ¿Un timbre? ¿El teléfono?

DIONISIO. Sí. Es un pobre…[13]

FANNY. ¿Un pobre? ¿Y cómo se llama?

DIONISIO. Nada. Los pobres no se llaman nada…

FANNY. Pero ¿y qué quiere?

DIONISIO. Quiere que yo le dé pan. Pero yo no tengo pan, y por
eso no puedo dárselo… ¿Usted tiene pan?

FANNY. Voy a ver… *(Mira en su bolso.)* No. Hoy no tengo pan.

DIONISIO. Pues entonces, ¡anda y que se fastidie!

FANNY. ¿Quiere usted que le diga que Dios le ampare?

---

13 La figura del *pobre* —entendida como un hombre sin ataduras, sin ambi-
ciones, más o menos feliz en su humilde pasar— aparece con frecuencia
no sólo en la obra gráfica y literaria de Mihura sino también en la de sus
compañeros de generación. Desempeña un papel importante en las comedias de Mihura *Ni pobre ni rico, sino todo lo contrario* y en *Mi adorado
Juan.*

DIONISIO. No. No se moleste. Yo se lo diré. *(Con voz fuerte, desde la cama.)* ¡Dios le ampare!

FANNY. ¿Le habrá oído?

DIONISIO. Sí. Los pobres estos lo oyen todo…

> *(Y por la puerta de la izquierda, de calle, y con paquetes y botellas, entran* TRUDY, CARMELA *y* SAGRA, *que son tres alegres y alocadas «girls» del ballet de* BUBY BARTON.)*

SAGRA. *(Aún dentro.)* ¡Fanny! ¡Fanny!

CARMELA. *(Ya entrando con las otras.)* Ya estamos aquí.

TRUDY. ¡Y traemos pasteles!

SAGRA. ¡Y jamón!

CARMELA. ¡Y vino!

TRUDY. ¡Y hasta una tarta con *biscuit*![16]

LAS TRES. ¡Laralí! ¡Laralí!

SAGRA. ¡El señor del café nos ha convidado…!

> *(Empiezan a dejar los paquetes y los abrigos encima del sofá.)*

CARMELA. ¡Y pasaremos el rato reunidos aquí!

TRUDY. ¡Ha encargado ostras…!

SAGRA. … ¡Y champán del caro…!

CARMELA. … Y hasta se ha enamorado de mí…

LAS TRES. ¡Laralí! ¡Laralí!

TRUDY. *(Indicando la habitación de la izquierda.)* ¡En ese cuarto dejamos más cosas!

SAGRA. ¡Todo lo prepararemos allí!

CARMELA. ¡Toma estos paquetes!

> *(Le da unos paquetes.)*

---

16 *biscuit*: 'bizcocho'.

TRUDY. ¡Ayúdanos! ¡Anda!

FANNY. *(Alegre, con los paquetes, haciendo mutis por la izquierda.)* ¿Nos divertiremos?

SAGRA. ¡Nos divertiremos!

CARMELA. ¡Verás cómo sí!

LAS TRES. ¡Laralí! ¡Laralí!

TRUDY. *(Fijándose en los sombreros de copa, que* DIONISIO *dejó en la mesita.)* ¡Mirad qué sombreros!

SAGRA. ¡Son de este señor!

CARMELA. ¡Es el malabarista que Paula nos dijo!

TRUDY. ¿Jugamos con ellos?

SAGRA. *(Tirándolos al alto.)* ¡Arriba! ¡Alay!

CARMELA. ¡Hoop!

> *(Los sombreros se caen al suelo y las tres muchachas idiotas, riéndose siempre, se van por la puerta de la izquierda.* DIONISIO, *que con estas cosas está muy triste, aprovecha que se ha quedado solo y, muy despacito, va y cierra la puerta que las chicas dejaron abierta. Después va a recoger los sombreros, que están en el suelo. Se le caen y, para mayor comodidad, se pone uno en la cabeza. En este momento dan unos golpecitos en la puerta del foro.)*

DON ROSARIO. *(Dentro.)* ¡Don Dionisio! ¡Don Dionisio!

DIONISIO. *(Poniendo precipitadamente los dos sombreros en la mesita.)* ¿Quién?

DON ROSARIO. ¡Soy yo, don Rosario!

DIONISIO. ¡Ah! ¡Es usted!

> *(Y se acuesta, muy de prisa, metiéndose entre las sábanas y conservando su sombrero puesto.)*

DON ROSARIO. *(Entrando con su cornetín.)* ¿No duerme usted? Me he figurado que sus vecinos de cuarto no le dejarían dormir. Son muy malos y todo lo revuelven...

DIONISIO. No he oído nada… Todo está muy tranquilo…

DON ROSARIO. Sin embargo, yo, desde abajo, oigo sus voces… Y usted necesita dormir. Mañana se casa usted. Mañana tiene usted que hacer feliz a una virtuosa señorita… Yo voy a tocar mi cornetín y usted se dormirá… Yo voy a tocar «La serenata de Toselli»…

> *(Y, en pie, frente a la cama, de cara a* DIONISIO *y de espaldas al público, toca, ensimismado en su arte.* [14] *A poco,* FANNY *abre la puerta de la izquierda y entra derecha a recoger unos paquetes del sofá. Cruza la escena por el primer término, o sea, por detrás de* DON ROSARIO, *que no la ve. Coge los paquetes y da la vuelta para irse por el mismo camino. Pero en esto, se fija en* DON ROSARIO *y le pregunta a* DIONISIO, *que la está mirando.)*

FANNY. ¿Quién es ése?

DIONISIO. *(Muy bajito, para que no le oiga* DON ROSARIO.*)* Es el pobre…

FANNY. Qué pesado, ¿verdad…?

DIONISIO. Sí. Es muy pesado.

FANNY. Hasta luego.

> *(Y hace mutis por la izquierda.)*

DIONISIO. Adiós.

> *(Al poco tiempo, entra y cruza la escena, del mismo modo que* FANNY, *y con el mismo objeto,* EL ODIOSO SEÑOR, *que lleva puesto un sombrero hongo. Cuando ya ha cogido un paquete y va a marcharse, ve a* DIONISIO *y le saluda, muy fino, quitándose el sombrero.)*

---

14 El autor describe a don Rosario (véase también la acotación de la p. 3) con rasgos similares a los de su viejo criado Norberto («hombre caduco, encorvado, pálido, con barba y bigote blancos, que está tocando una trompeta mientras derrama abundantes lágrimas»), que aparece en el prólogo de *Mis memorias*.

EL ODIOSO SEÑOR. ¡Adiós!

DIONISIO. (*Quitándose también el sombrero para saludar.*) Adiós. Buenas noches.

> (*Hace mutis* EL ODIOSO SEÑOR. *En seguida entra y hace el mismo juego* MADAME OLGA, *la mujer de las barbas.*)

MADAME OLGA. (*Al irse, muy cariñosa, a* DIONISIO.) Yo soy madame Olga...

DIONISIO. ¡Ah!

MADAME OLGA. Ya sé que es usted artista...

DIONISIO. Sí...

MADAME OLGA. Vaya, pues me alegro...

DIONISIO. Muchas gracias...

MADAME OLGA. Hasta otro ratito...

DIONISIO. ¡Adiós!

> (MADAME OLGA *hace mutis y cierra la puerta.* DIONISIO *cierra los ojos haciéndose el dormido.* DON ROSARIO *termina en este momento su pieza y deja de tocar. Y mira a* DIONISIO.)

DON ROSARIO. Se ha dormido... Es un ángel... Él soñará con ella... Apagaré la luz... (*Apaga la luz del centro y enciende el enchufe de la mesita de noche. Después se acerca a* DIONISIO *y le da un beso en la frente.*) ¡Duerme como un pajarito!

> (*Y muy de puntillas, se va por la puerta del foro y cierra la puerta. Pero ahora suena el timbre del teléfono.* DIONISIO *se levanta corriendo y va hacia él.*)

DIONISIO. ¡Es Margarita...!

> (*Pero la puerta de la izquierda se abre nuevamente, y* PAULA *se asoma, quedándose junto al quicio.* DIONISIO *ya abandona su ida al teléfono.*)

PAULA. ¿No entra usted?

DIONISIO. No.

PAULA. Entre usted... Le invitamos. Se distraerá...

DIONISIO. Tengo sueño... No...

PAULA. De todos modos, no le vamos a dejar dormir...

> *(Por el rumor de alegría que hay dentro.)*

DIONISIO. Estoy cansado...

PAULA. Entre usted... Se lo pido yo... Sea usted simpático...
Está ahí Buby, y me molesta Buby. Si entra usted, ya es distinto... Estando usted yo estaré contenta... ¡Yo estaré contenta con usted...! ¿Quiere?

DIONISIO. *(Que siempre es el mismo muchacho sin voluntad.)* Bueno.

> *(Y va hacia la puerta. Entran los dos. Cierran. Y el tim-
> bre del teléfono sigue sonando unos momentos, inútilmente.)*

TELÓN

ACTO SEGUNDO

La misma decoración. Han transcurrido dos horas y hay un raro ambiente de juerga. La puerta de la izquierda está abierta y dentro suena la música de un gramófono que nos hace oír una java francesa[1] con acordeón marinero. Los personajes entran y salen familiarmente por esta puerta, pues se supone que la cuchipanda[2] se desenvuelve, generosamente, entre los dos cuartos. La escena está desordenada. Quizá haya papeles por el suelo. Quizá haya botellas de licor. Quizá haya, también, latas de conserva vacías. Hay muchos personajes en escena. Cuantos más veamos, más divertidos estaremos. La mayoría son viejos extraños que no hablan. Bailan solamente, unos con otros, o quizá, con alegres muchachas que no sabemos de dónde han salido, ni nos debe importar demasiado. Entre ellos hay un viejo lobo de mar vestido de marinero... Hay un indio con turbante, o hay un árabe. Es, en fin, un coro absurdo y extraordinario que ambientará unos minutos la escena, ya que, a los pocos momentos de levantarse el telón, irán desapareciendo, poco a poco, por la puerta de la izquierda. También, entre estos señores, están en escena los personajes principales. BUBY, echado en la cama, templa monótonamente su ukelele. EL ODIOSO SEÑOR, apoyado en el quicio de la puerta izquierda, mira a PAULA con voluptuosidad. PAULA baila con DIONISIO. FANNY, con EL ANCIANO MILITAR, completamente calvo y con la pechera de su uniforme llena de condecoraciones y cruces. SAGRA baila con EL CAZADOR ASTUTO

---

1 *java francesa*: 'un tipo de vals más popular que el vienés'.
2 *cuchipanda*: 'juerga', 'reunión de gente para comer y divertirse'.

que, pendientes del cinto, lleva cuatro conejos, cada cual con una pequeña etiqueta, en la que es posible que vaya marcado el precio. MADAME OLGA, en bata y zapatillas, hace labor sentada en el diván. A su lado, en pie, EL GUAPO MUCHACHO, con una botella de coñac en la mano, la invita de cuando en cuando a alguna copa, mirándola constantemente con admiración y respeto provincianos...

(Se ha levantado el telón. El coro, siempre bailando sobre la música, ha ido evolucionando hasta desaparecer por la puerta de la izquierda.)

SAGRA. *(Hablando mientras baila.)* ¿Y hace mucho tiempo que cazó usted esos conejos?

EL CAZADOR ASTUTO. *(Borracho, pero correcto siempre.)* Sí, señorita. Hace quince días que los pesqué. Pero estoy siempre tan ocupado que no consigo tener ni cinco minutos libres para comérmelos... Siempre que pesco conejos, me pasa igual...

SAGRA. Yo, para trabajar, tengo un vestido parecido al suyo. Solamente que, en lugar de llevar colgados esos bichos, llevo plátanos. Hace más bonito...

EL CAZADOR ASTUTO. Yo no consigo pescar nunca plátanos. Yo sólo consigo pescar conejos.

SAGRA. Pero ¿los conejos se cazan o se pescan?

EL CAZADOR ASTUTO. *(Más correcto que nunca.)* Eso depende de la borrachera que tenga uno, señorita...

SAGRA. ¿Y no le molestan a usted para bailar?

EL CAZADOR ASTUTO. Atrozmente, señorita. Con su permiso, voy a tirar uno al suelo...

(Desprende un conejo del cinturón y lo deja caer en el suelo.)[1]

---

[1] Joaquín Calvo Sotelo ha contado que, en la gira por provincias que hizo Mihura con Alady (véase Introducción, p. XXIV), formaba parte de la compañía un «ilusionista preñado de conejos», que puede ser el origen de éste Cazador astuto.

SAGRA. Encantada.

(Siguen bailando, y el sitio que ocupaban lo ocupan aho-
ra EL ANCIANO MILITAR *y* FANNY.*)*

EL ANCIANO MILITAR. Le aseguro, señorita, que jamás olvidaré
esta noche tan encantadora. ¿No me dice usted nada?

FANNY. Ya le he dicho que yo lo que quiero es que me regale
usted una cruz…

EL ANCIANO MILITAR. Pero es que estas cruces yo no las puedo
regalar, caramba…

FANNY. ¿Y para qué quiere usted tanta cruz?

EL ANCIANO MILITAR. Las necesito yo, caramba.

FANNY. Pues yo quiero que me regale usted una cruz…

EL ANCIANO MILITAR. Es imposible, señorita. No tengo inconveniente en regalarle un sombrero, pero una cruz, no. También puedo regalarle un aparato de luz para el comedor…

FANNY. Ande usted, tonto. Que tiene una cabeza que parece
una mujer bañándose…[3]

EL ANCIANO MILITAR. ¡Oh, qué repajolera[4] gracia tiene usted,
linda señorita…!

(Como durante todo el diálogo han estado bailando, aho-
ra EL ANCIANO MILITAR *tropieza con el conejo que tiró el*
cazador y, de un puntapié, lo manda debajo de la cama.)

FANNY. ¿Eh? ¿Qué es eso?

EL ANCIANO MILITAR. No, nada. ¡El gato!

(Y siguen bailando, hasta desaparecer por la izquierda.)

---

3 Seguramente porque es «completamente calvo», ya que, por entonces,
las mujeres solían emplear gorro de baño en la playa.

4 *repajolera*: adjetivo con el que se intensifica afectivamente el valor del
nombre al que acompaña.

MADAME OLGA. ¡Oh! ¡Yo soy una gran artista! Me he exhibido en todos los circos de todas las ciudades... Junto al viejo oso, junto a la cabra triste, junto a los niños descoyuntados... *Great attraction!*[5] ¡Yo soy una grande artista...!

EL GUAPO MUCHACHO. Sí, señor... Pero ¿por qué no se afeita usted la barba?

MADAME OLGA. Mi marido, monsieur Durand, no me lo hubiese consentido nunca... Mi marido era un hombre muy bueno, pero de ideas antiguas... ¡Él no pudo resistir nunca a esas mujeres que se depilan las cejas y se afeitan el cogote...! Siempre lo decía el pobre: «¡Esas mujeres que se afeitan me parecen hombres!»

EL GUAPO MUCHACHO. Sí, señor... Pero por lo menos se podía usted teñir de rubio... ¡Donde esté una mujer con una buena barba rubia...!

MADAME OLGA. ¡Oh! Mi marido, monsieur Durand, tampoco lo habría consentido. A él sólo le gustaban las bellas mujeres con barba negra... Tipo español, ¿no? *¡Andalusa!* ¡Gitana! ¡Viva tu padrrre! Dame otra copa.[2]

EL GUAPO MUCHACHO. ¿Y su marido también era artista?

MADAME OLGA. ¡Oh, él tuvo una gran suerte...! Tenía cabeza de vaca y cola de cocodrilo... Ganó una fortuna... Pero ¿y esa copa?

EL GUAPO MUCHACHO. *(Volcando la botella, que ya está vacía.)* No hay más.

MADAME OLGA. *(Levantándose.)* Entonces vamos por otra botella...

EL GUAPO MUCHACHO. *(Galante.)* ¿Me da usted el brazo, patitas de *bailaora?*

---

5 *great attraction:* voz inglesa, que significa 'gran atracción' y se utiliza para llamar la atención sobre la gran estrella del espectáculo.

2 La burla de los tópicos del folklore regional es un motivo frecuente tanto en la obra de Mihura como en la de sus compañeros de generación.

MADAME OLGA. Encantada.

(Y, del brazo, hacen mutis por la izquierda.)

DIONISIO. *(Bailando con* PAULA.*)* Señorita... Yo necesito saber por qué estoy yo borracho...

PAULA. Usted no está borracho, Toninini...

DIONISIO. Yo necesito saber por qué me llama usted a mí Toninini...

PAULA. ¿No hemos quedado en que yo le llame a usted Toninini? Es muy divertido ese nombre, ¿verdad?

DIONISIO. *Oui.*

PAULA. ¿Por qué dice usted *oui?*

DIONISIO. Señorita..., también yo quisiera saber por qué digo *oui...* Yo tengo mucho miedo, señorita...

PAULA. ¡Es usted un chico maravilloso!

DIONISIO. ¡Pues usted tampoco es manca, señorita!

PAULA. ¡Qué cosas tan especiales dice usted...!

DIONISIO. ¡Pues usted tampoco se chupa el dedo...!

EL ODIOSO SEÑOR. *(Acercándose a* DIONISIO.*)* ¿Está usted cansado?

DIONISIO. ¿Yo?

EL ODIOSO SEÑOR. ¿Me permite usted dar una vuelta con esta señorita?

PAULA. *(Grosera.)* ¡No!

EL ODIOSO SEÑOR. Yo soy el señor más rico de toda la provincia... ¡Mis campos están llenos de trigo![3]

PAULA. ¡No! ¡No y no!

---

3 Este orgullo y confianza del Odioso Señor en que la riqueza confiere todo tipo de privilegios vuelve a aparecer en la Baronesa de *Ni pobre ni rico, sino todo lo contrario,* y en Valentina y Pablo, de *¡Sublime decisión!,* aunque en este último caso el pretendiente sea un falso rico y sus empeños sean, por tanto, doblemente presuntuosos.

(Y se marcha por la puerta de la izquierda. DIONISIO *se sienta en el sofá, medio dormido. Y el señor se va detrás de* PAULA.*)*

EL CAZADOR ASTUTO. *(Siempre bailando.)* Señorita... ¿me permite usted que tire otro conejo al suelo?

SAGRA. Encantada, caballero.

EL CAZADOR ASTUTO. *(Tirándolo esta vez debajo de la cama.)* Muchas gracias, señorita.

(Y también se va bailando por la izquierda. Ya en la habitación sólo han quedado BUBY, *en la cama, y* DIONISIO, *que habla sobre la música del disco que sigue girando dentro.)*

DIONISIO. Yo estoy borracho... Yo no quiero beber... Mi cabeza zumba... Todo da vueltas a mi alrededor... ¡Pero soy feliz! ¡Yo nunca he sido tan feliz...! ¡Yo soy el caballo blanco del Gran Circo Principal! *(Se levanta y da unos pasos haciendo el caballo.)* Pero mañana..., mañana. *(De pronto, fijándose en* BUBY.*)* ¿Tú tienes algo interesante que hacer mañana...? Yo, sí... ¡Yo voy a una fiesta! ¡A una gran fiesta con flores, con música, con niñas vestidas de blanco..., con viejas vestidas de negro...! Con monaguillos..., con muchos monaguillos... ¡Con un millón de monaguillos! *(Debajo de la cama suena una voz de hombre, que canta «Marcial, tú eres el más grande...»*[4] DIONISIO *se agacha, levanta la colcha y dice, mirando debajo de la cama.)* ¡Caballero, haga el favor de salir de ahí! *(Y* EL ALEGRE EXPLORADOR *sale, muy serio, con una botella en la mano.)* Y luego, un tren... Y un beso... Y una lágrima de felicidad... ¡Y un hogar! ¡Y un gato! ¡Y un niño...! Y luego, otro gato...[5] Y otro niño... ¡Y un niño...! Y otro niño... ¡Yo no

---

4 Pasodoble de J. Martín Domingo dedicado al torero Marcial Lalanda.

5 «Un gato dormido sobre el regazo de una mujer o sobre las rodillas de un hombre, simboliza la paz y la felicidad del hogar», se lee en *¡Sublime decisión!* Y en *La tetera*, el padre Leocadio describe la felicidad del siguiente modo: «Un hogar tranquilo... Una mujer buena... Una música dulce... Un gato...».

quiero emborracharme...! ¡Yo la quiero...! *(Se para frente al armario. Escucha. Lo abre y les dice a* TRUDY *y a* EL ROMÁNTI-CO ENAMORADO, *que están dentro haciéndose el amor.)*[6] ¡Hagan el favor de salir de ahí! *(Y la pareja de enamorados salen cogidos del brazo y se van, muy amartelados,*[7] *por la izquierda, deshojando una margarita.)* ¡Yo necesito saber por qué hay tanta gente en mi habitación! ¡Yo quiero que me digan por qué está este se-ñor negro acostado en mi cama! ¡Yo no sé por qué ha entrado el negro aquí ni por qué ha entrado la mujer barbuda...!

PAULA. *(Dentro.)* ¡Dionisio! *(Sale.)* ¡Toninini! *(Y va hacia él.)* ¿Qué hace usted?

DIONISIO. *(Transición, y en voz baja.)* Estaba aquí hablando con este amigo... Yo no soy Toninini ni soy ese niño muerto...[8] Yo no la conozco a usted... Yo no conozco a nadie... *(Muy se-rio.)* ¡Adiós, buenas noches!

(Y se va por la izquierda.)

PAULA. *(Intentando detenerle.)* ¡Venga usted! ¡Dionisio! *(Pero* BU-BY *se ha levantado y se interpone ante la puerta, cerrando el paso a* PAULA. *Ha cambiado completamente de expresión y habla a* PAU-LA *en tono apremiante.)*

BUBY. ¿Algo?

PAULA. *(Disgustada.)* ¡Oh, Buby...!

BUBY. *(Más enérgico.)* ¿Algo?

PAULA. Él es un compañero... ¡Él trabajará con nosotros...!

BUBY. ¿Y qué importa eso? ¡Ya lo sé! Pero los compañeros tam-bién a veces tienen dinero... *(En voz baja.)* Y nosotros necesi-tamos el dinero esta misma noche... Tú lo sabes... Debemos todo... ¡Es necesario ese dinero, Paula...! ¡Si no, todo está perdido...!

---

6 *hacer el amor*: este galicismo se utilizaba entonces con el sentido de 'co-quetear, tontear'.

7 *amartelados*: 'enlazados con cariño, muy juntos'.

8 Dionisio crea una variante de la expresión coloquial *ni qué niño muerto*, empleada para despreciar lo que otro dice.

PAULA. Pero él es un compañero... Ha sido una mala suerte... Debes comprenderlo, Buby...

(Se sienta. Y BUBY *también. Pequeña pausa.)*

BUBY. Realmente ha sido una mala suerte que esta habitación estuviese ocupada por un lindo compañero... Porque él es lindo, ¿verdad?

PAULA. No me importa... ¡Ni a ti te debe importar...!

BUBY. *(Siempre irónico, burlón y sentimental.)* Sí. Yo sé que es lindo... ¡Ha sido una mala suerte!... No es nada fácil descorrer un pestillo por dentro y hacer una buena escena para encontrarse con que dentro de la habitación no hay un buen viajero gordo con papel en la cartera, sino un mal malabarista sin lastre en el chalequito... Verdaderamente ha sido una mala suerte...

PAULA. Buby... Esto que hacemos no es del todo divertido...

BUBY. No. Francamente, no es del todo divertido, ¿verdad? ¡Pero qué vamos a hacerle!... El negro Buby no sabe bailar bien... ¡Y vosotras bailáis demasiado mal!... *(En este momento, en la habitación de al lado, el* CORO DE VIEJOS EXTRAÑOS *empieza a cantar, muy en plan de orfeón, «El relicario».[6] Unos segundos, solamente. Sobre las últimas voces, ya muy piano,[9] sigue hablando* BUBY.) Es difícil bailar, ¿no?... Duelen las piernas siempre y, al terminar, el corazón se siente fatigado... Y, sin embargo, a alguna cosa se tienen que dedicar las bonitas muchachas soñadoras cuando no quieren pasarse la vida en el taller, o en la fábrica, o en el almacén de ropas. El teatro es lindo, ¿verdad? ¡Hay libertad para todo! Los padres se han quedado en la casita, allá lejos, con su miseria y sus penas, con su puchero en el fuego... No hay que cuidar a los hermanitos,

---

9 *piano*: 'con sonido suave y poco intenso'.

6 Célebre cuplé que en 1918 popularizó Raquel Meller. La letra es de Armando Oliveros y José Castellón Castellví y la música del maestro José Padilla (1889-1960).

que son muchos y que lloran siempre. ¡La máquina de coser se quedó en aquel rincón! Pero bailar es difícil, ¿verdad, Paula?... Y los empresarios no pagan con exceso a aquellos artistas que no gustan lo suficiente... ¡El dinero nunca llega para nada!... ¡Y las muchachas lindas se mueren de dolor cuando su sombrero se ha quedado cursi! ¡La muerte antes que un sombrero cursi! ¡¡La muerte antes que un trajecito barato!! ¡¡¡Y la vida entera por un abrigo de piel!!! *(Dentro, el* CORO DE VIEJOS EXTRAÑOS *vuelve a cantar algunos compases de «El relicario».)* ¿Verdad, Paula? Sí. Paula ya sabe de eso... Y es tan fácil que una muchacha bonita entre huyendo de su novio en el cuarto de un señor que se dispone a dormir... ¡Es muy aburrido dormir solo en el cuarto de un hotel! Y los gordos señores se compadecen siempre de las muchachas que huyen de los negros y hasta, a veces, les suelen regalar billetes de un bravo color cuando las muchachas son cariñosas... Y un beso no tiene importancia... Ni dos, tampoco..., ¿verdad? Y después... ¡Ah, después, si ellos se sienten defraudados, no es fácil que protesten!... ¡Los gordos burgueses no quieren escándalos cuando saben, además, que un negro es amigo de la chica!... ¡Un negro con buenos puños que los golpearía si intentasen propasarse!...

PAULA. ¡Pero él no es un gordo señor! ¡Él es un compañero!

BUBY. *(Mirando hacia la puerta de la izquierda.)* ¡Calla!

> *(Y* EL ANCIANO MILITAR *y* FANNY *salen cogidos del brazo y paseando.* FANNY *lleva colgado en el pecho una de las cruces de* EL ANCIANO MILITAR.*)*

EL ANCIANO MILITAR. Señorita, ya le he regalado a usted esa preciosa cruz... Espero que ahora me dará usted una esperanza... ¿Quiere usted escaparse conmigo...?

FANNY. Yo quiero otra cruz...

EL ANCIANO MILITAR. Pero eso es imposible, señorita... Comprenda usted el sacrificio que he hecho ya dándole una... Me ha costado mucho trabajo ganarlas... Me acuerdo que una vez, luchando con los indios *sioux*...

FANNY. Pues yo quiero otra cruz...

EL ANCIANO MILITAR. Vamos, señorita... Dejemos esto y conteste a mis súplicas... ¿Consiente usted en escaparse conmigo?

FANNY. Yo quiero que me regale usted otra cruz...

> *(Han cruzado la escena hasta llegar al balcón; vuelven a cruzarla en sentido contrario, y ahora desaparecen por donde entraron.)*

BUBY. Realmente ha sido una mala suerte encontrar un compañero en la habitación de al lado... Pero Paula, las cosas aún se pueden arreglar... ¡La vida es buena! ¡Ha surgido lo que no pensábamos! ¡Un pequeño baile en el hotel! ¡Unos señores que os invitan...! Paula, entre estos señores los hay que tienen dinero... Mira a Fanny. Fanny es lista... Fanny no pierde el tiempo... El militar tiene cruces de oro y hasta cruces con brillantes... Y hay también un rico señor que quiere bailar contigo..., que cien veces te ha invitado para que bailes con él...

PAULA. ¡Es un odioso señor...!

BUBY. La linda Paula debía bailar con ese caballero... ¡Y Buby estaría más alegre que el gorrioncillo en la acacia y el quetzal en el ombú![10]

PAULA. *(Sonriendo, divertida.)* Eres un cínico, Buby...

BUBY. ¡Oh, Buby siempre es un cínico porque da buenos consejos a las muchachas que van con él! *(Con ironía.)* ¿O es que te gusta el malabarista?

PAULA. No sé.

BUBY. Sería triste que te enamorases de él. Las muchachas como vosotras no deben enamorarse de aquellos hombres que no regalan joyas ni bonitas pulseras para los brazos... Perderás el tiempo... ¡Necesitamos dinero, Paula! ¡Debemos todo! ¡Y ese señor es el hombre más rico de toda la provincia!

---

10 *quetzal*: 'ave trepadora, de plumaje multicolor, de la América tropical'; *ombú*: 'árbol de la América meridional, frondoso y de madera blanda'; en España se llama *bellasombra*; con la mención de esa ave y este árbol se pretende la nota exótica y el efecto fónico.

PAULA. Esta noche yo no tengo ganas de hablar con los señores ricos... Esta noche quiero que me dejes en paz... A ratos, estas cosas le divierten a una..., pero otras veces, no...

BUBY. Es que si no, esto se acaba... Tendremos que separarnos todos... ¡El *ballet* de Buby Barton terminó en una provincia!... *(Dentro, el* CORO DE VIEJOS EXTRAÑOS *interpreta ahora algunos compases de «El batelero del Volga».)*[7] Yo no lo pido por mí... Un negro vive de cualquier manera... Pero una buena muchacha... ¡Os esperan los trajecitos baratos y los sombreritos cursis...! ¡La máquina de coser que quedó en aquel rincón! ¿O es que tienes la ilusión de encontrar un guapo novio y que te vista de blanco...?

PAULA. No sé, Buby. No me importa... Nunca me ocupé de eso...

BUBY. ¡Ay, mi Paula...! Los caballeros os quieren a vosotras, pero se casan con las demás...[8] *(Mira hacia la izquierda.)* ¡Aquí viene este señor...! *(Muy junto a* PAULA. *Muy hipocritón.)* ¡Tú eres una muchacha cariñosa, Paula! ¡Vivan las muchachas cariñosas...! ¡Hurra por las muchachas cariñosas...!

(Entra por la izquierda EL ODIOSO SEÑOR.*)*

---

7 Canción popular rusa muy frecuente en el repertorio de las formaciones de ese país que recorrieron España durante los años veinte, que solían llamarla «Los remeros del Volga».

8 Más allá del engaño y de la moral hipócrita que estas palabras revelan, hay en ellas un remedo del título de la novela de Anita Loos (1893-1981), *Los caballeros las prefieren rubias* (1925), que tuvo su continuación en *Pero se casan con las morenas* (1942). La primera novela fue adaptada —y siempre con mucho éxito— al teatro y a la comedia musical, aunque su mayor popularidad la alcanzó con su segunda versión cinematográfica (la primera fue de 1928), dirigida en 1953 por Howard Hawks, e interpretada por Marilyn Monroe, Jane Russell y Charles Coburn. Esta última escena entre Buby y Paula tiene deudas con la novela, cuyas protagonistas, Lorelai Lee y Dorothy, viven de las invitaciones y regalos de los caballeros. *Tres sombreros de copa* podría leerse, en parte, como una ejemplificación práctica de la obra de la escritora americana. Así, puede decirse que Dionisio prefiere a Paula pero se casa con Margarita.

EL ODIOSO SEÑOR. ¡Hace demasiado calor en el otro cuarto! Todos están en el otro cuarto... ¡Y han bebido tanto, que alborotan como perros...!

BUBY. *(Muy amable. Muy dulce.)* ¡Oh, señor! ¡Pero siéntese usted aquí! *(Junto a* PAULA, *en el sofá.)* Aquí el aire es mucho más puro... Aquí el aire es tan despejado que, de cuando en cuando, cruza un pajarillo cantando y las mariposas van y vienen, posándose en las flores de las cortinas.

EL ODIOSO SEÑOR. *(Sentándose junto a* PAULA.*)* ¿Por fin debutan ustedes mañana?

PAULA. Sí. Mañana debutamos...

EL ODIOSO SEÑOR. Iré a verlos, para reírme un rato... Yo tengo abonado un proscenio...[11] Siempre lo tengo abonado y veo siempre a las chiquitas que trabajan por aquí... Yo soy el señor más rico de toda la provincia...

BUBY. Ser rico... debe ser hermoso, ¿verdad...?

EL ODIOSO SEÑOR. *(Orgulloso. Odioso.)* Sí. Se pasa muy bien... Uno tiene fincas... Y tiene estanques, con peces dentro... Uno come bien... Pollos, sobre todo... Y langosta... Uno también bebe buenos vinos... Mis campos están llenos de trigo...

PAULA. Pero ¿y por qué tiene usted tanto trigo en el campo?

EL ODIOSO SEÑOR. Algo hay que tener en el campo, señorita. Para eso están. Y se suele tener trigo porque tenerlo en casa es muy molesto...

BUBY. Y, claro..., siendo tan rico..., ¡las mujeres le amarán siempre...!

EL ODIOSO SEÑOR. Sí. Ellas siempre me aman... Todas las chiquitas que han pasado por este Music-Hall me han amado siempre... Yo soy el más rico de toda la provincia... ¡Es natural que ellas me amen...!

---

11 *proscenio*: o *palco proscenio*, 'palco situado a ambos lados de la parte anterior del escenario y a su altura'.

BUBY. Es claro… Las pobres chicas aman siempre a los señores educados… Ellas están tan tristes… Ellas necesitan el cariño de un hombre como usted… Por ejemplo, Paula. La linda Paula se aburre… Ella, esta noche, no encuentra a ningún buen amigo que le diga palabras agradables… Palabritas dulces de enamorado… Ellas siempre están entre gente como nosotros, que no tenemos campos y que viajamos constantemente, de un lado para otro, pasando por todos los túneles de la Tierra…

EL ODIOSO SEÑOR. ¿Y es de pasar por tantos túneles de lo que se ha quedado usted así de negro? ¡Ja, ja! *(Se ríe exageradamente de su gracia.)*

BUBY. *(Como fijándose de pronto en una mariposa imaginaria y como queriéndola coger.)* ¡Silencio! ¡Oh! ¡Una linda mariposa! ¡Qué bellos colores tiene! ¡Silencio! ¡Ahora se va por allí…! *(Por la puerta de la izquierda, en la que él ya está preparando el mutis.)* ¡Voy a cerrar la puerta, y dentro la cogeré! ¡No quiero que se me escape! ¡Con su permiso, señor!

> *(BUBY se ha ido, dejando la puerta cerrada. El señor se acerca más a PAULA. Hay una pequeña pausa, violenta, en la que el señor no sabe cómo iniciar la conversación. De pronto.)*

EL ODIOSO SEÑOR. ¿De qué color tiene usted las ligas, señorita?

PAULA. Azules.

EL ODIOSO SEÑOR. ¿Azul claro o azul oscuro?

PAULA. Azul oscuro.

EL ODIOSO SEÑOR. *(Sacando un par de ligas de un bolsillo.)* ¿Me permite usted que le regale un par de azul claro? El elástico es del mejor.

> *(Las estira y se las da.)*

PAULA. *(Tomándolas.)* Muchas gracias. ¿Para qué se ha molestado?

EL ODIOSO SEÑOR. No vale la pena. En casa tengo más…

PAULA. ¿Usted vive en esta población?

EL ODIOSO SEÑOR. Sí. Pero todos los años me voy a Niza.

PAULA. ¿Y se lleva usted el trigo o lo deja aquí?

EL ODIOSO SEÑOR. ¡Oh, no! El trigo lo dejo en el campo... Yo pago a unos hombres para que me lo guarden y me voy tranquilo a Niza... ¡En coche-cama, desde luego!

PAULA. ¿No tiene usted automóvil?

EL ODIOSO SEÑOR. Sí. Tengo tres... Pero a mí no me gustan los automóviles, porque me molesta eso de que vayan siempre las ruedas dando vueltas... Es monótono... *(De pronto.)* ¿Qué número usa usted de medias?

PAULA. El seis.

EL ODIOSO SEÑOR. *(Saca de un bolsillo un par de medias, sin liar ni nada, y se las regala.)* ¡Seda pura! ¡Tire usted!

PAULA. No. No hace falta.

EL ODIOSO SEÑOR. Para que usted vea.

> *(Las coge y las estira. Tanto, que las medias se parten por la mitad.)*

PAULA. ¡Oh, se han roto!

EL ODIOSO SEÑOR. No importa. Aquí llevo otro par.

> *(Tira las rotas al suelo. Saca otro par de un bolsillo y se las regala.)*

PAULA. Muchas gracias.

EL ODIOSO SEÑOR. No vale la pena...

PAULA. ¿Entonces, todos los años se va usted a Niza?

EL ODIOSO SEÑOR. Todos los años, señorita... Allí tengo una finca, y lo paso muy bien viendo ordeñar a las vacas. Tengo cien. ¿A usted le gustan las vacas?

PAULA. Me gustan más los elefantes.

EL ODIOSO SEÑOR. Yo, en la India, tengo cuatrocientos... Por cierto que ahora les he puesto trompa y todo. Me he gastado un dineral... *(De pronto.)* Perdón, señorita; se me olvidaba ofrecerle un ramo de flores.

(Saca del bolsillo interior de la americana un ramo de flores y se lo regala.)

PAULA. *(Aceptándolo.)* Encantada.

EL ODIOSO SEÑOR. No vale la pena... Son de trapo... Ahora, que el trapo es del mejor...

(Y se acerca a PAULA.)

PAULA. ¿Es usted casado?

EL ODIOSO SEÑOR. Sí. Claro. Todos los señores somos casados. Los caballeros se casan siempre... Por cierto que mañana, precisamente, tengo que asistir a una boda... Se casa la hija de un amigo de mi señora y no tengo más remedio que ir...

PAULA. ¿Una boda por amor?

EL ODIOSO SEÑOR. Sí. Creo que los dos están muy enamorados. Yo iré a la boda, pero en seguida me iré a Niza...

PAULA. ¡Cómo me gustaría a mí también ir a Niza!

EL ODIOSO SEÑOR. Mi finca de allá es hermosa. Tengo una gran piscina, en la que me doy cinco o seis baños diarios... ¿Usted también se baña con frecuencia, señorita?

PAULA. *(Muy ingenua.)* Sí. Pero claro está que no tanto como su tía de usted...

EL ODIOSO SEÑOR. *(Algo desconcertado.)* ¡Claro! *(Y saca del bolsillo una bolsa de bombones.)* ¿Unos bombones, señorita? Para usted la bolsa...

PAULA. *(Aceptándolos.)* Muchas gracias.

EL ODIOSO SEÑOR. Por Dios... ¿Y qué echa usted en el agua del baño?

PAULA. «Papillons de Printemps».[9] ¡Es un perfume lindo!

---

9 Se supone que es una marca de sales de baño, no sé si inventada.

EL ODIOSO SEÑOR. Yo echo focas. Estoy tan acostumbrado a bañarme en Noruega, que no puedo habituarme a estar en el agua sin tener un par de focas junto a mí. *(Fijándose en* PAULA, *que no come bombones.)* Pero ¿no toma usted bombones? *(Saca un bocadillo del bolsillo.)* ¿Quiere usted este bocadillo de jamón?[10]

PAULA. No tengo apetito.

EL ODIOSO SEÑOR. *(Sacando otro bocadillo del bolsillo.)* ¿Es que lo prefiere de caviar?

PAULA. No. De verdad. No quiero nada.

EL ODIOSO SEÑOR. *(Volviendo a guardárselos.)* Es una lástima. En fin, señorita... *(Acercándose más a ella.)* ¿Me permite que le dé un beso? Después de esta conversación tan agradable, se ve que hemos nacido el uno para el otro...

PAULA. *(Desviándose.)* No.

EL ODIOSO SEÑOR. *(Extrañado.)* ¿Aún no? *(Y entonces, de otro bolsillo, saca una carraca.)*[12] Con su permiso, me voy a tomar la libertad de regalarle esto. No vale nada, pero es entretenido...

PAULA. *(Cogiendo la carraca y dejándola sobre el sofá.)* Muchas gracias.

EL ODIOSO SEÑOR. Y ahora, ¿la puedo dar un beso?

PAULA. No.

EL ODIOSO SEÑOR. Pues lo siento mucho, pero no tengo más regalos en los bolsillos... Ahora que, si quiere usted, puedo ir a mi casa por más...

PAULA. *(Fingiendo mucha melancolía.)* No. No se moleste.

EL ODIOSO SEÑOR. Parece que está usted triste... ¿Qué le pasa a usted?

PAULA. Sí. Estoy triste. Estoy horriblemente triste...

---

12 *carraca*: 'instrumento popular de madera provisto de una o varias lengüetas flexibles que, al chocar con una rueda dentada, produce un sonido tan característico como desagradable'.

10 El jamón, quizá debido a su carestía, es el alimento emblemático al que recurría *Tono* en sus artículos y bosquejos teatrales de *La codorniz*.

EL ODIOSO SEÑOR. ¿Acaso he cometido alguna incorrección, señorita?

PAULA. No. Estoy muy triste porque me pasa una cosa tremenda... ¡Soy muy desgraciada!

EL ODIOSO SEÑOR. Todo tiene arreglo en la vida, nenita...

PAULA. No. Esto no tiene arreglo. ¡No puede tener arreglo!

EL ODIOSO SEÑOR. ¿Es que se le han roto a usted algunos zapatos?

PAULA. Me ha pasado otra cosa mas terrible. ¡Soy muy desgraciada!

EL ODIOSO SEÑOR. Vamos, señorita. Cuénteme lo que le sucede...

PAULA. Figúrese usted que nosotros hemos llegado aquí esta tarde, de viaje... Y yo llevaba una cartera y dentro llevaba unos cuantos ahorros... Unos cuantos billetes... Y ha debido ser en el tren... Sin duda, mientras dormía... El caso es que, al despertar, no encontré la cartera por ninguna parte... Figúrese usted mi disgusto... Ese dinero me hacía falta para comprarme un abrigo... Y ahora todo lo he perdido. ¡Soy muy desgraciada!

EL ODIOSO SEÑOR. *(Ya en guardia.)* Vaya, vaya... ¿Y dice usted que la perdió en el tren?

PAULA. Sí. En el tren.

EL ODIOSO SEÑOR. ¿Y miró usted bien por el departamento?

PAULA. Sí. Y por los pasillos.

EL ODIOSO SEÑOR. ¿Miró también en la locomotora?

PAULA. Sí. También miré en la locomotora...

(Pausa.)

EL ODIOSO SEÑOR. ¿Y cuánto dinero llevaba usted en la cartera?

PAULA. Cuatro billetes.

EL ODIOSO SEÑOR. ¿Pequeños?

PAULA. Medianos.

EL ODIOSO SEÑOR. ¡Vaya! ¡Vaya! ¡Cuatro billetes!

PAULA. ¡Estoy muy disgustada, caballero...!

EL ODIOSO SEÑOR. *(Ya dispuesto a todo.)* ¿Y dice usted que son cuatro billetes?

PAULA. Sí. Cuatro billetes.

EL ODIOSO SEÑOR. *(Sonriendo pícaro.)* Uno va todos los años a Niza y conoce estas cosas, señorita... ¡Claro que si usted fuese cariñosa!... Aunque hay que tener en cuenta que ya le he hecho varios regalos...

PAULA. No entiendo lo que quiere usted decir... Habla usted de una forma...

EL ODIOSO SEÑOR. *(Sacando un billete de la cartera, y muy tunante.)* ¿Para quién va a ser este billetito?

PAULA. No se moleste, caballero... Es posible que aún la encuentre...

EL ODIOSO SEÑOR. *(Colocándole el billete en la mano.)* Tómelo. Si la encuentra ya me lo devolverá... Y ahora... ¿Me permite usted que le dé un beso?

PAULA. *(Apartándose aún.)* ¡Tengo un disgusto tan grande! Porque figúrese que no es un billete solamente... Son cuatro...

EL ODIOSO SEÑOR. *(Sacando nuevamente la cartera y de ella otros tres billetes.)* Vaya, vaya... *(Muy mimoso.)* ¿Para quién van a ser estos billetitos?

PAULA. *(Tomándolos, y ya cariñosa.)* ¡Qué simpático es usted! *(Y él le da un beso. Después se levanta y echa los pestillos de las puertas.* PAULA *se pone en guardia.)* ¿Qué ha hecho usted?

EL ODIOSO SEÑOR. He cerrado las puertas...

PAULA. *(Levantándose.)* ¿Para qué?

EL ODIOSO SEÑOR. Para que no puedan entrar ni los pájaros ni las mariposas...[11] *(Va hacia ella y la abraza. Ya ha perdido toda su falsa educación. Ya quiere cobrarse su dinero lo antes posible.)* ¡Eres muy bonita!

---

11 En alusión a Buby, que justificó su anterior salida persiguiendo a una mariposa.

PAULA. *(Enfadada.)* ¡Abra usted las puertas!

EL ODIOSO SEÑOR. Luego abriremos las puertas, ¿verdad? ¡Siempre hay tiempo para abrir las puertas!...

PAULA. *(Ya indignada e intentando zafarse de los brazos de* EL ODIOSO SEÑOR.*)* ¡Déjeme usted! ¡Usted no tiene derecho a esto! ¡Abra usted las puertas!

EL ODIOSO SEÑOR. Yo no gasto mi dinero en balde, nenita...

PAULA. *(Furiosa.)* ¡Yo no le he pedido a usted ese dinero! ¡Usted me lo ha dado! ¡Déjeme usted! ¡Fuera de aquí! ¡Largo! ¡Voy a gritar!

EL ODIOSO SEÑOR. Le he dado a usted cuatro billetes... Usted tiene que ser buena conmigo... Eres demasiado bonita para que te deje...

PAULA. ¡Yo no se los he pedido! ¡Déjeme ya! *(Gritando.)* ¡Buby! ¡Buby!

> *(El señor, brutote, brutote, insiste en abrazarla. Pero* BUBY *ha abierto la puerta de la izquierda y contempla la escena, frío, frío. El señor le ve y, sudoroso, descompuesto, fuera de sí, se dirige amenazador a* PAULA.*)*

EL ODIOSO SEÑOR. ¡Devuélvame ese dinero! ¡Pronto! ¡Devuélvame ese dinero! ¡Canallas!

PAULA. *(Tirándole el dinero, que el señor recoge.)* ¡Ahí va su dinero!

EL ODIOSO SEÑOR. ¡Devuélvame las medias!

PAULA. *(Tirándole las medias.)* ¡Ahí van sus medias!

EL ODIOSO SEÑOR. ¡Devuélvame las flores!

PAULA. *(Tirándole las flores.)* ¡Ahí van las flores!

EL ODIOSO SEÑOR. ¡Canallas! ¿Qué os habíais creído? *(Va acercándose a la puerta del foro y la abre.)* ¿Pensabais engañarme entre los dos? ¡A mí! ¡A mí! ¡Canallas!

> *(Y hace mutis.)*

BUBY. *(Frío.)* ¿Sentiste escrúpulos?

PAULA. Sí. Él había pensado lo que no era. Es un bárbaro, Buby...

BUBY. Probablemente te gustará más que te bese el malabarista...

PAULA. *(Nerviosa.)* ¡No sé! ¡Dejadme en paz! ¡Vete tú también! ¡Dejadme en paz todos!

BUBY. Linda Paula... Acuérdate de lo que te digo, ¿no? Has echado todo a perder... ¡Todo! Será mejor que no sigas pensando en ese muchacho, porque si no, te mato a ti o le mato a él... ¿Entiendes, Paula? ¡Vivan las muchachas que hacen caso a lo que les dice Buby!

> *(Y hace mutis por la izquierda.* PAULA *se sienta en el sofá con ceñito de disgusto y, por la izquierda, vuelven a entrar* FANNY *y* EL ANCIANO MILITAR, *que como antes, cogidos del brazo y paseando, atraviesan la escena de un lado a otro. Pero esta vez ya* FANNY *lleva todas las cruces prendidas en su pecho. Al* ANCIANO MILITAR *sólo le queda una. La más grande.)*

EL ANCIANO MILITAR. Ya le he dado todas las cruces. Sólo me queda una. La que más trabajo me ha costado ganar... La que conseguí peleando con los cosacos. Y, ahora, ¿accede usted a escaparse conmigo? Venga usted junto a mí. Nos iremos a América y allí seremos felices. Pondremos un gran rancho y criaremos gallinitas...

FANNY. Yo quiero que me dé usted esa otra cruz...

EL ANCIANO MILITAR. No. Ésta no puedo dársela, señorita...

FANNY. Pues entonces no me voy con usted...

EL ANCIANO MILITAR. ¡Oh, señorita...! ¿Y si se la diese...? *(Se van por la izquierda. Pero a los pocos momentos vuelven a salir, ella con la gran cruz, con una maleta, el sombrero y un abrigo, y él con el capote y el ros[13] de plumero. Y muy amartelados, se dirigen a la*

---

13 *ros*: 'gorro militar cilíndrico, más alto por delante que por detrás y con visera charolada de negro'. Debe su nombre al general y escritor Antonio Ros de Olano (1808-1886), que lo declaró reglamentario en 1855.

puerta del foro.) ¡Oh, Fanny, mira que si tuviéramos un niño rubio…!

FANNY. ¡Por Dios, Alfredo![12]

> *(Y hacen mutis por la puerta del foro.* PAULA *sigue en su misma actitud pensativa. Y ahora, por la izquierda, entra* DIONISIO *con ojos de haber dormido. Y se fija en* PAULA, *a la que es posible que se le hayan saltado las lágrimas, de soberbia.)*

DIONISIO. ¿Está usted llorando?

PAULA. No lloro.

DIONISIO. ¿Está triste porque no he venido? Yo estaba ahí durmiendo con unos amigos… *(*PAULA *calla.)* ¿Ha reñido usted con ese negro? ¡Debemos linchar al negro! ¡Nuestra obligación es linchar al negro!

PAULA. Para linchar a un negro es preciso que se reúna mucha gente…

DIONISIO. Yo organizaré una suscripción…

PAULA. No.

DIONISIO. Si a mí no me molesta…

PAULA. *(Con cariño.)* Dionisio…

DIONISIO. ¿Qué?

PAULA. Siéntese aquí…, conmigo…

DIONISIO. *(Sentándose a su lado.)* Bueno.

PAULA. Es preciso que nosotros seamos buenos amigos… ¡Si supiese usted lo contenta que estoy desde que le conozco…! Me encontraba tan sola… ¡Usted no es como los demás! Yo, con los demás, a veces tengo miedo. Con usted, no. La gente es mala…, los compañeros del Music-Hall no son como debieran ser… Los caballeros de fuera del Music-Hall tampoco

---

12 Tras conseguir sus medallas, sus atributos genéricos, el Anciano Militar se humaniza y Fanny pasa a llamarlo por su nombre, Alfredo.

son como debieran ser los caballeros… *(DIONISIO, distraído, coge la carraca que se quedó por allí y empieza a tocarla, muy entretenido.)* Y, sin embargo, hay que vivir con la gente, porque si no una no podría beber nunca champaña, ni llevar lindas pulseras en los brazos… ¡Y el champaña es hermoso… y las pulseras llenan siempre los brazos de alegría!… Además es necesario divertirse… Es muy triste estar sola… Las muchachas como yo se mueren de tristeza en las habitaciones de estos hoteles… Es preciso que usted y yo seamos buenos amigos… ¿Quieres que nos hablemos de tú…?

DIONISIO. Bueno. Pero un ratito nada más…

PAULA. No, siempre. Nos hablaremos de tú ¡siempre! Es mejor… Lo malo…, lo malo es que tú no seguirás con nosotros cuando terminemos de trabajar aquí… Y cada uno nos iremos por nuestro lado… Es imbécil esto de tener que separarnos tan pronto, ¿verdad…? A no ser que tú necesitaras una *partenaire*[14] para tu número… ¡Oh! ¡Así podríamos estar más tiempo juntos…! Yo aprendería a hacer malabares, ¿no? ¡A jugar también con tres sombreros de copa…!

> *(A DIONISIO se le ha descompuesto su carraca. Ya no suena. Por este motivo, él se pone triste.)*

DIONISIO. Se ha descompuesto…

PAULA. *(Cogiendo la carraca y arreglándola.)* Es así. *(Y se la vuelve a dar a DIONISIO, que sigue tocándola, tan divertido.)* ¡Es una lástima que tú no necesites una *partenaire* para tu número! ¡Pero no importa! Estos días los pasaremos muy bien, ¿sabes…? Mira… Mañana saldremos de paseo. Iremos a la playa…, junto al mar… ¡Los dos solos! Como dos chicos pequeños, ¿sabes? ¡Tú no eres como los demás caballeros! ¡Hasta la noche no hay función! ¡Tenemos toda la tarde para nosotros! Compraremos cangrejos… ¿Tú sabes mondar bien las patas de los cangrejos? Yo, sí. Yo te enseñaré…, los comeremos

---

14 *partenaire*: 'pareja artística'.

allí, sobre la arena… Con el mar enfrente. ¿Te gusta a ti jugar con la arena? ¡Es maravilloso! Yo sé hacer castillitos y un puente con su ojo en el centro por donde pasa el agua… ¡Y sé hacer un volcán! Se meten papeles dentro y se queman, ¡y sale humo…! ¿Tú no sabes hacer volcanes?

DIONISIO. *(Ya ha dejado la carraca y se va animando poco a poco.)* Sí.

PAULA. ¿Y castillos?

DIONISIO. Sí.

PAULA. ¿Con jardín?

DIONISIO. Sí, con jardín. Les pongo árboles y una fuente en medio y una escalera con sus peldaños para subir a la torre del castillo.

PAULA. ¿Una escalera de arena? ¡Oh, eres un chico maravilloso! Dionisio, yo no la sé hacer…

DIONISIO. Yo, sí. También sé hacer un barco y un tren… ¡Y figuras! También sé hacer un león…

PAULA. ¡Oh! ¡Qué bien! ¿Lo estás viendo? ¿Lo estás viendo, Dionisio? ¡Ninguno de esos caballeros sabe hacer con arena ni volcanes, ni castillos, ni leones! ¡Ni Buby tampoco! ¡Ellos no saben jugar! Yo sabía que tú eras distinto… Me enseñarás a hacerlos, ¿verdad? Iremos mañana…

(Pausa. DIONISIO, *al oír la palabra «mañana», pierde pronto su alegría y su entusiasmo por los juegos junto al mar.)*

DIONISIO. ¿Mañana…?

PAULA. ¡Mañana!

DIONISIO. No.

PAULA. ¿Por qué?

DIONISIO. Porque no puedo.

PAULA. ¿Tienes que ensayar?

DIONISIO. No.

PAULA. Entonces…, entonces, ¿qué tienes que hacer?

DIONISIO. Tengo… que hacer.

PAULA. ¡Lo dejas para otro día! ¡Hay muchos días! ¡Qué más da! ¿Es muy importante lo que tienes que hacer…?

DIONISIO. Sí.

PAULA. ¿Negocio?

DIONISIO. Negocio.[13]

(Pausa.)

PAULA. (De pronto.) Novia no tendrás tú, ¿verdad…?

DIONISIO. No; novia, no.

PAULA. ¡No debes tener novia! ¿Para qué quieres tener novia? Es mejor que tengas sólo una amiga buena, como yo… Se pasa mejor… Yo no quiero tener novio… porque yo no me quiero casar. ¡Casarse es ridículo! ¡Tan tiesos! ¡Tan pálidos! ¡Tan bobos! Qué risa, ¿verdad…? ¿Tú piensas casarte alguna vez?

DIONISIO. Regular.

PAULA. No te cases nunca… Estás mejor así… Así estás más guapo… Si tú te casas, serás desgraciado… Y engordarás bajo la pantalla del comedor… Y, además, ya nosotros no podremos ser amigos más… ¡Mañana iremos a la playa a comer cangrejos! Y pasado mañana tú te levantarás temprano y yo también… Nos citaremos abajo y nos iremos en seguida al puerto y alquilaremos una barca… ¡Una barca sin barquero! Y nos llevamos el bañador y nos bañamos lejos de la playa, donde no se haga pie… ¿Tú sabes nadar…?

DIONISIO. Sí. Nado muy bien…

PAULA. Más nado yo. Yo resisto mucho. Ya lo verás…

DIONISIO. Yo sé hacer el muerto y bucear…

---

13 Dionisio parece cobrar conciencia de que su boda con Margarita tiene algo de *negocio*. Del mismo modo, el doctor Palacios de *Mi adorado Juan* tacha de conversación de *negocios* la que va a tener con Juan, a propósito de la boda con su hija Irene.

PAULA. Yo hago la carpa... y, desde el trampolín, sé hacer el ángel...[15]

DIONISIO. Y yo cojo del fondo diez céntimos con la boca...

PAULA. ¡Oh! ¡Qué bien! ¡Qué gran día mañana! ¡Y pasado! ¡Ya verás, Dionisio, ya verás! ¡Nos tostaremos al sol!

SAGRA. *(Por el lateral izquierda, con el abrigo y el sombrero puestos.)* ¡Paula! ¡Paula! ¡Ven! ¡Mira! ¿Sabes una cosa? ¡Hemos decidido irnos todos al puerto a ver amanecer! El puerto está cerca y ya casi es de día. Nos llevaremos las botellas que quedan y allí las beberemos junto a los pescadores que salen a la mar... ¡Lo pasaremos muy bien! ¡Vamos todos a ver amanecer!

> *(De la habitación de la izquierda empieza a salir gente.* MADAME OLGA *ya vestida.* EL GUAPO MUCHACHO. TRUDY *y* EL ROMÁNTICO ENAMORADO. EL EXPLORADOR. *Y el* CORO DE VIEJOS EXTRAÑOS. *El último,* EL CAZADOR ASTUTO, *con cuatro perros atados, que sería encantador que fueran ladrando.*[14] *Todos van en fila y cogidos del brazo. Todos llevan botellas en la mano.)*

EL GUAPO MUCHACHO. *(Casi cantando.)* ¡Vamos a ver amanecer!

TODOS. ¡Vamos a ver amanecer!

EL ROMÁNTICO ENAMORADO. ¡Frente a las aguas de la bahía!...

TODOS. ¡Frente a las aguas de la bahía!...

EL ALEGRE EXPLORADOR. ¡Y después tiraremos al mar la botella que quede vacía!...

---

15 *hacer la carpa y hacer el ángel*: típicas figuras de los saltos de trampolín, que consisten, respectivamente, en 'lanzarse al agua doblando el cuerpo hacia delante' y en 'saltar con los brazos extendidos, juntándolos al entrar en el agua'.

14 Estas ocurrencias humorísticas en las acotaciones —en las que se suele emplear un lenguaje neutro y puramente informativo— son propias del autor. En una acotación de *Mi adorado Juan* Mihura vuelve a comentar que un personaje de la obra debe llevar cinco perros «a los que el autor les agradecería mucho que fueran ladrando».

UNOS. *(Saliendo por la puerta del foro.)* ¡Vamos a ver amanecer!

OTROS. ¡Frente a las aguas de la bahía!

> *(Y se van todos.)*

PAULA. ¿Vamos, Dionisio?

DIONISIO. ¿Qué hora es?

PAULA. Deben de ser cerca de las seis…

DIONISIO. ¿Cerca de las seis?

PAULA. Sí. Ya pronto amanecerá…

DIONISIO. No puede ser… ¡Las seis! ¡Son cerca de las seis!

PAULA. Pero ¿qué tienes, Dionisio? ¿Por qué estás así? ¡Vamos con ellos!…

DIONISIO. No. No voy.

PAULA. ¿Por qué?

DIONISIO. Porque estoy enfermo… Me duele mucho la cabeza… Bebí demasiado… No. Todo esto es absurdo. Yo no puedo hacer esto… ¡Ya son cerca de las seis!… Yo quiero estar solo… Yo necesito estar solo…

PAULA. Ven, Dionisio… Yo quiero ir contigo… Si tú no vas, me quedo también yo… aquí, junto a ti… ¡Yo no puedo estar separada de ti! *(Se acerca a él mucho, con amor.)* ¡Tú eres un chico muy maravilloso! *(Apoya la cabeza en el hombro de* DIONISIO, *ofreciéndole la boca.)* ¡Me gustas tanto!

> *(Y se besan muy fuerte. Pero* BUBY, *silenciosamente, ha salido por la izquierda y ha visto este beso maravilloso. Y fríamente, se acerca a ellos y da un fuerte golpe en la nuca a* PAULA, *que cae al suelo, dando un pequeño grito. Después, muy rápidamente,* BUBY *huye por la puerta del foro, cerrándola al salir.* PAULA, *en el suelo, con los ojos cerrados, no se mueve. Quizá está desmayada, o muerta.* DIONISIO, *espantado, va de una puerta a otra, unas veces corriendo y otras muy despacio. Está más grotesco que nunca.)*

DIONISIO. ¿Qué es esto? ¿Qué es esto, Dios mío? ¡No es posible!... (*Y, de pronto, suena el timbre del teléfono.* DIONISIO *toma el auricular y habla.*) ¿Eh? ¿Quién? Sí. Soy yo, Dionisio... No, no me ha pasado nada... Estoy bien. ¿Te has asustado porque no contesté cuando llamaste? ¡Oh, no! ¡Me dolía mucho la cabeza y salí! Salí a la calle a respirar el aire. Sí. Por eso no podía contestar cuando llamabas... ¿Qué dices? ¿Eh? ¿Que viene tu padre? ¿A qué? ¡Pero si no pasa nada! ¡Es estúpido que le hayas hecho venir!... No ocurre nada... No pasa nada... (*Y llaman a la puerta del foro.*) ¡Ah! (*Al teléfono.*) Han llamado a la puerta... Sí..., debe ser tu padre... Sí...

> (*Al ir, nerviosamente, hacia la puerta, tira del auricular y rompe el cordón. Intenta arreglarlo. No puede. Se desconcierta aún más.*)

DON SACRAMENTO. (*Dentro.*) ¡Dionisio! ¡Dionisio! (DIONISIO, *con el auricular en la mano, y todo muy rápidamente, corre hacia la puerta. No sabe qué hacer. Va hacia* PAULA *y se arrodilla junto a ella. Pone su oído en el pecho de* PAULA, *intentando oír su corazón. Hace un gesto de pánico. Y ahora pone el extremo del cordón del teléfono, que lleva en la mano, junto al corazón de* PAULA *y escucha por el auricular, «como el sabio doctor».*[15] DON SACRAMENTO, *dentro, golpeando.*) ¡Dionisio! ¡Dionisio!

DIONISIO. (*Contestando también por el auricular.*) ¡Un momento! ¡Voy!

> (*Y cogiendo a* PAULA *por debajo de los brazos, desgarbadamente, ridículamente, intenta ocultarla tras de la cama, mientras cae el*

TELÓN)

---

15 Debe tratarse de una referencia al doctor Yvory, que «era un sabio doctor que estudiaba desde por la mañana hasta la noche tantos libros gordos para saber curar a los enfermos, que no le quedaba tiempo ninguno para curar a los enfermos, ni siquiera para verlos, ni para nada» (*Mis memorias*, p. 189).

ACTO TERCERO

La misma decoración. Continúa la acción del segundo acto, un minuto después en que éste quedó interrumpido.

> (DIONISIO *acaba de ocultar el cuerpo de* PAULA *tras la cama y el biombo, mientras sigue llamando* DON SACRAMENTO. DIONISIO, *una vez asegurado que* PAULA *está bien oculta, va a abrir.*)

DON SACRAMENTO. *(Dentro.)* ¡Dionisio! ¡Dionisio! ¡Abra! ¡Soy yo! ¡Soy don Sacramento! ¡Soy don Sacramento! ¡Soy don Sacramento!...

DIONISIO. Sí... Ya voy... *(Abre. Entra* DON SACRAMENTO, *con levita,*[1] *sombrero de copa y paraguas.)* ¡Don Sacramento!

DON SACRAMENTO. ¡Caballero! ¡Mi niña está triste! Mi niña, cien veces llamó por teléfono, sin que usted contestase a sus llamadas. La niña está triste y la niña llora. La niña pensó que usted se había muerto. La niña está pálida... ¿Por qué martiriza usted a mi pobre niña?...[1]

DIONISIO. Yo salí a la calle, don Sacramento... Me dolía la ca-

---

1 *levita*: 'vestidura masculina de etiqueta, con faldones desde la cintura con el borde delantero recto'; era una prenda usada en el siglo XIX.

1 En estas y en las siguientes palabras de don Sacramento se parodia el poema «Sonatina» (del libro *Prosas profanas*), de Rubén Darío («La princesa está triste. [...] La princesa está pálida en su silla de oro»), pero sobre todo el anacrónico lenguaje posmodernista. No olvidemos que el poeta nicaragüense utilizó el nombre de Margarita —el mismo de la novia de Dionisio— en varios poemas suyos.

beza… No podía dormir… Salí a pasear bajo la lluvia. Y en la misma calle, di dos o tres vueltas… Por eso yo no oí que ella me llamaba… ¡Pobre Margarita!… ¡Cómo habrá sufrido!

DON SACRAMENTO. La niña está triste. La niña está triste y la niña llora. La niña está pálida. ¿Por qué martiriza usted a mi pobre niña?…

DIONISIO. Don Sacramento… Ya se lo he dicho… Yo salí a la calle… No podía dormir.

DON SACRAMENTO. La niña se desmayó en el sofá malva de la sala rosa… ¡Ella creyó que usted se había muerto! ¿Por qué salió usted a la calle a pasear bajo la lluvia?…

DIONISIO. Me dolía la cabeza, don Sacramento…

DON SACRAMENTO. ¡Las personas decentes no salen por la noche a pasear bajo la lluvia…! ¡Usted es un bohemio, caballero!

DIONISIO. No, señor.

DON SACRAMENTO. ¡Sí! ¡Usted es un bohemio, caballero! ¡Sólo los bohemios salen a pasear de noche por las calles!

DIONISIO. ¡Pero es que me dolía mucho la cabeza!

DON SACRAMENTO. Usted debió ponerse dos ruedas de patata en las sienes…

DIONISIO. Yo no tenía patatas…

DON SACRAMENTO. Las personas decentes deben llevar siempre patatas en los bolsillos, caballero… Y también deben llevar tafetán[2] para las heridas… Juraría que usted no lleva tafetán…

DIONISIO. No, señor.

DON SACRAMENTO. ¿Lo está usted viendo? ¡Usted es un bohemio, caballero!… Cuando usted se case con la niña, usted no podrá ser tan desordenado en el vivir. ¿Por qué está así este

---

2 *tafetán*: el llamado *tafetán inglés* era una 'tela rígida, recubierta por una cara de una substancia aglutinante, que se empleaba, antes de la aparición del esparadrapo, para cubrir las heridas en la piel'. En *Sólo el amor y la luna traen fortuna* bromea Mihura que «los fabricantes de tafetán» viven «de la mala suerte de los demás».

cuarto? ¿Por qué hay lana de colchón en el suelo? ¿Por qué hay papeles? ¿Por qué hay latas de sardina vacías? *(Cogiendo la carraca que estaba en el sofá.)* ¿Qué hace aquí esta carraca?

> *(Y se queda con ella, distraído, en la mano. Y, de cuando en cuando, la hará sonar, mientras habla.)*

DIONISIO. Los cuartos de los hoteles modestos son así... Y éste es un hotel modesto... ¡Usted lo comprenderá, don Sacramento!...

DON SACRAMENTO. Yo no comprendo nada. Yo no he estado nunca en ningún hotel. En los hoteles sólo están los grandes estafadores europeos y las vampiresas internacionales. Las personas decentes están en sus casas y reciben a sus visitas en el gabinete azul, en donde hay muebles dorados y antiguos retratos de familia... ¿Por qué no ha puesto usted en este cuarto los retratos de su familia, caballero?

DIONISIO. Yo sólo pienso estar aquí esta noche...

DON SACRAMENTO. ¡No importa, caballero! Usted debió poner cuadros en las paredes. Sólo los asesinos o los monederos falsos[3] son los que no tienen cuadros en las paredes... Usted debió poner el retrato de su abuelo con el uniforme de maestrante...[4]

DIONISIO. Él no era maestrante... Él era tenedor de libros...[5]

DON SACRAMENTO. ¡Pues con el uniforme de tenedor de libros! ¡Las personas honradas se tienen que retratar de uniforme, sean tenedores de libros o sean lo que sean! ¡Usted debió poner también el retrato de un niño en traje de primera comunión!

DIONISIO. Pero ¿qué niño iba a poner?

DON SACRAMENTO. ¡Eso no importa! ¡Da lo mismo! Un niño. ¡Un niño cualquiera! ¡Hay muchos niños! ¡El mundo está lle-

---

3 *monedero falso*: 'falsificador'.
4 *maestrante*: 'miembro de la *maestranza* ('asociación de caballeros que tenía como fin el adiestramiento en el manejo de las armas y en la equitación')'.
5 *tenedor de libros*: 'contable'.

no de niños de primera comunión!...[2] Y también debió usted poner cromos... ¿Por qué no ha puesto usted cromos? ¡Los cromos son preciosos! ¡En todas las casas hay cromos! «Romeo y Julieta hablando por el balcón de su jardín», «Jesús orando en el Huerto de los Olivos», «Napoleón Bonaparte, en su destierro de la isla de Santa Elena»... *(En otro tono, con admiración.)* Qué gran hombre Napoleón, ¿verdad?[3]

DIONISIO. Sí. Era muy belicoso. ¿Era ese que llevaba siempre así la mano?

(Se mete la mano en el pecho.)

DON SACRAMENTO. *(Imitando la postura.)* Efectivamente, llevaba siempre así la mano...

DIONISIO. Debía de ser muy difícil, ¿verdad?

DON SACRAMENTO. *(Con los ojos en blanco.)* ¡Sólo un hombre como él podía llevar siempre así la mano!...

DIONISIO. *(Poniéndose la otra mano en la espalda.)* Y la otra la llevaba así...

DON SACRAMENTO. *(Haciendo lo mismo.)* Efectivamente, así la llevaba.

DIONISIO. ¡Qué hombre!

DON SACRAMENTO. ¡Napoleón Bonaparte!... *(Pausa admirativa, haciendo los dos de Napoleón. Después,* DON SACRAMENTO *sigue hablando en el mismo tono anterior.)* Usted tendrá que ser ordenado... ¡Usted vivirá en mi casa, y mi casa es una casa honrada! ¡Usted no podrá salir por las noches a pasear bajo la lluvia! Usted, además, tendrá que levantarse a las seis y cuarto para desayunar a las seis y media un huevo frito con pan...

---

2 A Mihura le debía de parecer muy tópica la imagen de un niño en traje «de primera comunión»; en *Maribel y la extraña familia*, doña Paula obliga a las visitas que alquila el día de su santo a que lleven «un niño vestido de marinero, que siempre hace mono».

3 La figura de Napoleón, con una mano en el pecho y la otra en la espalda, es uno de los tópicos iconográficos más manidos. Mihura alude también al personaje, en el mismo sentido tópico, en varias obras suyas.

DIONISIO. A mí no me gustan los huevos fritos...

DON SACRAMENTO. ¡A las personas honorables les tienen que gustar los huevos fritos, señor mío! Toda mi familia ha tomado siempre huevos fritos para desayunar... Sólo los bohemios toman café con leche y pan con manteca.

DIONISIO. Pero es que a mí me gustan más pasados por agua... ¿No me los podían ustedes hacer a mí pasados por agua...?

DON SACRAMENTO. No sé. No sé. Eso lo tendremos que consultar con mi señora. Si ella lo permite, yo no pondré inconveniente alguno. ¡Pero le advierto a usted que mi señora no tolera caprichos con la comida!...

DIONISIO. *(Ya casi llorando.)* ¡Pero yo qué le voy a hacer si me gustan más pasados por agua, hombre!

DON SACRAMENTO. Nada de cines, ¿eh?... Nada de teatros. Nada de bohemia...[4] A las siete, la cena... Y después de la cena, los jueves y los domingos, haremos una pequeña juerga. *(Picaresco.)* Porque también el espíritu necesita expansionarse, ¡qué diablo! *(En este momento se le descompone la carraca, que estaba tocando. Y se queda muy preocupado.)* ¡Se ha descompuesto!

DIONISIO. *(Como en el acto anterior* PAULA, *él la coge y se la arregla.)* Es así. *(Y se la vuelve a dar a* DON SACRAMENTO *que, muy contento, la toca de cuando en cuando.)*

DON SACRAMENTO. La niña, los domingos, tocará el piano, Dionisio... Tocará el piano, y quizá, quizá, si estamos en vena, quizá recibamos alguna visita...[5] Personas honradas, desde

---

4 La idea que tiene don Sacramento de la vida bohemia es tan simple como la de Dionisio. Mihura se burla de la aprensión que a las personas acomodadas les produce lo desconocido, las costumbres y formas de vida que ellos no practican. En *A media luz los tres* se dice que las mujeres llaman bohemia («¡Bohemia y alegría!») a tener una revista tirada en la alfombra y unos libros en el suelo. En la *Antología. 1927-1933* de Mihura puede verse su artículo «Mi bohemia» (pp. 31-35).

5 Las visitas es una de las costumbres de las que más se burla el autor. Así, en *Ni pobre ni rico, sino todo lo contrario,* la Baronesa parodia el diálogo de una visita y se queja de que «¡Las visitas son tan aburridas! [...] ¡Son tan

luego... Por ejemplo, haré que vaya el señor Smith... Usted se hará en seguida amigo suyo y pasará charlando con él muy buenos ratos... El señor Smith es una persona muy conocida... Su retrato ha aparecido en todos los periódicos del mundo... ¡Es el centenario más famoso de la población! Acaba de cumplir ciento veinte años y aún conserva cinco dientes... ¡Usted se pasará hablando con él toda la noche!... Y también irá su señora...

DIONISIO. ¿Y cuántos dientes tiene su señora?

DON SACRAMENTO. ¡Oh, ella no tiene ninguno! Los perdió todos cuando se cayó por aquella escalera y quedó paralítica para toda su vida, sin poderse levantar de su sillón de ruedas... ¡Usted pasará grandes ratos charlando con este matrimonio encantador!

DIONISIO. Pero ¿y si se me mueren cuando estoy hablando con ellos? ¿Qué hago yo, Dios mío?

DON SACRAMENTO. ¡Los centenarios no se mueren nunca! ¡Entonces no tendrían ningún mérito, caballero!... *(Pausa.* DON SACRAMENTO *hace un gesto, de olfatear.)* Pero... ¿a qué huelo en este cuarto?... Desde que estoy aquí noto yo un olor extraño... Es un raro olor... ¡Y no es nada agradable este olor!...

DIONISIO. Se habrán dejado abierta la puerta de la cocina...

DON SACRAMENTO. *(Siempre olfateando.)* No es eso... Es como si un cuerpo humano se estuviese descomponiendo...

DIONISIO. *(Aterrado. Aparte.)* ¡Dios mío! ¡Ella se ha muerto!...

DON SACRAMENTO. ¿Qué olor es éste, caballero? ¡En este cuarto hay un cadáver! ¿Por qué tiene usted cadáveres en su cuar-

---

sosas!»; en *¡Sublime decisión!*, Florita, la protagonista, exclama desesperada: «¿Hasta cuándo las visitas no estarán prohibidas por el Código Penal?»; en *Maribel y la extraña familia*, doña Paula alquila a las visitas porque las de verdad no hay quien las aguante. En *La tetera*, cuando Juan se queja de que su amigo no le ha anunciado la visita, el padre Leocadio le responde que «si las visitas se anunciaran antes, no podrían nunca hacer visitas».

to? ¿Es que los bohemios tienen cadáveres en su habitación?...

DIONISIO. En los hoteles modestos siempre hay cadáveres...

DON SACRAMENTO. *(Buscando.)* ¡Es por aquí! Por aquí debajo. *(Levanta la colcha de la cama y descubre los conejos que tiró* EL CAZADOR. *Los coge.)* ¡Oh, aquí está! ¡Dos conejos muertos! ¡Es esto lo que olía de este modo!... ¿Por qué tiene usted dos conejos debajo de su cama? En mi casa no podrá usted tener conejos en su habitación... Tampoco podrá usted tener gallinas... ¡Todo lo estropean!...

DIONISIO. Estos no son conejos. Son ratones...

DON SACRAMENTO. ¿Son ratones?

DIONISIO. Sí, señor. Son ratones. Aquí hay muchos...

DON SACRAMENTO. Yo nunca he visto unos ratones tan grandes...

DIONISIO. Es que como éste es un hotel pobre, los ratones son así... En los hoteles más lujosos, los ratones son mucho más pequeños... Pasa igual que con las barritas de viena...

DON SACRAMENTO. ¿Y los ha matado usted?

DIONISIO. Sí. Los he matado yo con una escopeta. El dueño le da a cada huésped una escopeta para que mate los ratones...

DON SACRAMENTO. *(Mirando una etiqueta del conejo.)* Y estos números que tienen al cuello, ¿qué significan? Aquí pone 3,50...

DIONISIO. No es 3,50. Es 350. Como hay tantos, el dueño los tiene numerados, para organizar concursos. Y al huésped que, por ejemplo, mate el número 14, le regala un mantón de Manila o una plancha eléctrica...

DON SACRAMENTO. ¡Qué lástima que no le haya a usted tocado el mantón! ¡Podríamos ir a la verbena!... ¿Y qué piensa usted hacer con estos ratones?...

DIONISIO. No lo he pensado todavía... Si quiere usted se los regalo...

DON SACRAMENTO. ¿A usted no le hacen falta?

DIONISIO. No. Yo ya tengo muchos. Se los envolveré en un papel.

> *(Coge un papel que hay en cualquier parte y se los envuelve. Después se los da.)*

DON SACRAMENTO. Muchas gracias, Dionisio. Yo se los llevaré a mis sobrinitos para que jueguen... ¡Ellos recibirán una gran alegría!... Y ahora, adiós, Dionisio. Voy a consolar a la niña, que aún estará desmayada en el sofá malva de la sala rosa... *(Mira el reloj.)* Son las seis cuarenta y tres. Dentro de un rato, el coche vendrá a buscarle para ir a la iglesia... Esté preparado... ¡Qué emoción! ¡Dentro de unas horas usted será esposo de mi Margarita!...

DIONISIO. Pero ¿le dirá usted a su señora que a mí me gustan más los huevos pasados por agua?

DON SACRAMENTO. Sí. Se lo diré. Pero no me entretenga. ¡Oh, Dionisio! Ya estoy deseando llegar a casa para regalarles esto a mis sobrinitos... ¡Cómo van a llorar de alegría los pobres pequeños niños!

DIONISIO. ¿Y también les va usted a regalar la carraca?

DON SACRAMENTO. ¡Oh, no! ¡La carraca es para mí!

> *(Y se va por la puerta del foro.* PAULA *asoma la cabeza por detrás de la cama y mira a* DIONISIO *tristemente.* DIONISIO, *que ha ido a cerrar la puerta, al volverse, la ve.)*

PAULA. ¡Oh! ¿Por qué me ocultaste esto? ¡Te casas, Dionisio!...

DIONISIO. *(Bajando la cabeza.)* Sí...

PAULA. No eras ni siquiera un malabarista...

DIONISIO. No.

PAULA. *(Se levanta. Va hacia la puerta de la izquierda.)* Entonces yo debo irme a mi habitación...

DIONISIO. *(Deteniéndola.)* Pero tú estabas herida... ¿Qué te hizo Buby?

PAULA. Fue un golpe nada más… Me dejó K.O. ¡Debí de perder el conocimiento unos momentos! Es muy bruto Buby… Me puede siempre… *(Después.)* ¡Te casas, Dionisio!…

DIONISIO. Sí.

PAULA. *(Intentando nuevamente irse.)* Yo me voy a mi habitación…

DIONISIO. No.

PAULA. ¿Por qué?

DIONISIO. Porque esta habitación es más bonita. Desde el balcón se ve el puerto…

PAULA. ¡Te casas, Dionisio!

DIONISIO. Sí. Me caso, pero poco…

PAULA. ¿Por qué no me lo dijiste…?

DIONISIO. No sé. Tenía el presentimiento de que casarse era ridículo… ¡Que no me debía casar…! Ahora veo que no estaba equivocado… Pero yo me casaba, porque yo me he pasado la vida metido en un pueblo pequeñito y triste y pensaba que para estar alegre había que casarse con la primera muchacha que, al mirarnos, le palpitase el pecho de ternura… Yo adoraba a mi novia… Pero ahora veo que en mi novia no está la alegría que yo buscaba… A mi novia tampoco le gusta ir a comer cangrejos frente al mar, ni ella se divierte haciendo volcanes en la arena… Y ella no sabe nadar… Ella, en el agua, da gritos ridículos… Hace así: «¡Ay! ¡Ay! ¡Ay!» Y ella sólo ama cantar junto al piano *El pescador de perlas*.[6] Y *El pescador de perlas* es horroroso, Paula. Ella tiene voz de querubín,[6] y hace así: *(Canta.)* Tralaralá… piri, piri, piri, piri… Y yo no había caído en que las voces de querubín están llenas

6 *querubín*: 'ángel que forma parte de uno de los coros celestiales'.

6 Ópera del compositor francés Georges Bizet (1838-1875) cuya acción transcurre en Ceilán. El libreto es de E. Cosmon y M. Carre. El título original está en plural, *Les pêcheurs de perles* (1863). Como quintaesencia de la música «horrorosa» la cita Mihura en *Mis memorias*, donde la tía Leocadia la canta asomada a la ventana.

de vanidad y que, en cambio, hay discos de gramófono que se titulan «Ámame en diciembre lo mismo que me amas en mayo» y que nos llenan el espíritu de sencillez y de ganas de dar saltos mortales...[7] Yo no sabía tampoco que había mujeres como tú, que al hablarnos no les palpita el corazón, pero les palpitan los labios en un constante sonreír... Yo no sabía nada de nada. Yo sólo sabía pasear silbando junto al quiosco de la música... Yo me casaba porque todos se casan siempre a los veintisiete años...[8] Pero ya no me caso, Paula... ¡Yo no puedo tomar huevos fritos a las seis y media de la mañana...!

PAULA. *(Ya sentada.)* Ya te ha dicho ese señor del bigote que los harán pasados por agua...

DIONISIO. ¡Es que a mí no me gustan tampoco pasados por agua! ¡A mí sólo me gusta el café con leche, con pan y manteca! ¡Yo soy un terrible bohemio! Y lo más gracioso es que yo no lo he sabido hasta esta noche que viniste tú..., y que vino el negro..., y que vino la mujer barbuda... Pero yo no me caso, Paula. Yo me marcharé contigo y aprenderé a hacer juegos malabares con tres sombreros de copa...

PAULA. Hacer juegos malabares con tres sombreros de copa es muy difícil... Se caen siempre al suelo...

DIONISIO. Yo aprenderé a bailar como bailas tú y como baila Buby...

PAULA. Bailar es más difícil todavía. Duelen mucho las piernas y apenas gana uno dinero para vivir...

---

7 Si Dionisio, en su fascinación por Paula, se sorprende felizmente de que haya canciones tituladas «Ámame en diciembre lo mismo que me amas en mayo», poco después (p. 80) le replica la joven, con un deje de triste ironía, que «en todas partes hay caballeros que nos hacen el amor... ¡Lo mismo es que sea noviembre o que sea en el mes de abril!». Hay en todo ello un juego que cultivaron en *La codorniz* consistente en parodiar los largos títulos de las canciones americanas de moda.

8 Ésa era también la edad del autor cuando escribe esta comedia, que, como ya sabemos, tiene un origen autobiográfico. Mariano de Paco ha llamado la atención sobre «la repetida alusión a la edad como causa de decisiones o actitudes», con ejemplos también de *La bella Dorotea* y *Ninette y un señor de Murcia*.

DIONISIO. Yo tendré paciencia y lograré tener cabeza de vaca y cola de cocodrilo...

PAULA. Eso cuesta aún más trabajo... Y después, la cola molesta muchísimo cuando se viaja en el tren...

(DIONISIO *va a sentarse junto a ella.*)

DIONISIO. ¡Yo haré algo extraordinario para poder ir contigo!... ¡Siempre me has dicho que soy un muchacho muy maravilloso!...

PAULA. Y lo eres. Eres tan maravilloso, que dentro de un rato te vas a casar, y yo no lo sabía...

DIONISIO. Aún es tiempo. Dejaremos todo esto y nos iremos a Londres...

PAULA. ¿Tú sabes hablar inglés?

DIONISIO. No. Pero nos iremos a un pueblo de Londres. La gente de Londres habla inglés porque todos son riquísimos y tienen mucho dinero para aprender esas tonterías. Pero la gente de los pueblos de Londres, como son más pobres y no tienen dinero para aprender esas cosas, hablan como tú y como yo... ¡Hablan como en todos los pueblos del mundo!... ¡Y son felices!...

PAULA. ¡Pero en Inglaterra hay demasiados detectives!...

DIONISIO. ¡Nos iremos a La Habana!

PAULA. En La Habana hay demasiados plátanos...

DIONISIO. ¡Nos iremos al desierto!

PAULA. Allí se van todos los que se disgustan, y ya los desierros están llenos de gente y de piscinas.[9]

DIONISIO. *(Triste.)* Entonces es que tú no quieres venir conmigo.

---

9 En la misma línea de humor absurdo, el señor García, personaje del relato de Mihura «El desierto», se lleva la desagradable sorpresa de que el 'desierto' de Canastillos tenga novecientos mil habitantes.

PAULA. No. Realmente yo no quisiera irme contigo, Dionisio…

DIONISIO. ¿Por qué?

> *(Pausa. Ella no quiere hablar. Se levanta y va hacia el balcón.)*

PAULA. Voy a descorrer las cortinas del balcón. *(Lo hace.)* Ya debe de estar amaneciendo… Y aún llueve… ¡Dionisio, ya han apagado las lucecitas del puerto! ¿Quién será el que las apaga?

DIONISIO. El farolero.

PAULA. Sí, debe de ser el farolero.

DIONISIO. Paula…, ¿no me quieres?

PAULA. *(Aún desde el balcón.)* Y hace frío…

DIONISIO. *(Cogiendo una manta de la cama.)* Ven junto a mí… Nos abrigaremos los dos con esta manta… *(Ella va y se sientan los dos juntos, cubriéndose las piernas con la manta.)* ¿Quieres a Buby?

PAULA. Buby es mi amigo. Buby es malo. Pero el pobre Buby no se casa nunca… Y los demás se casan siempre… Esto no es justo, Dionisio…

DIONISIO. ¿Has tenido muchos novios?

PAULA. ¡Un novio en cada provincia y un amor en cada pueblo! En todas partes hay caballeros que nos hacen el amor… ¡Lo mismo es que sea noviembre o que sea en el mes de abril! ¡Lo mismo que haya epidemias o que haya revoluciones…! ¡Un novio en cada provincia…! ¡Realmente es muy divertido…! Lo malo es, Dionisio, lo malo es que todos los caballeros estaban casados ya, y los que aún no lo estaban escondían ya en la cartera el retrato de una novia con quien se iban a casar… Dionisio, ¿por qué se casan todos los caballeros…? ¿Y por qué, si se casan, lo ocultan a las chicas como yo…? ¡Tú también tendrás ya en la cartera el retrato de una novia…! ¡Yo aborrezco las novias de mis amigos…! Así no es posible ir con ellos junto al mar… Así no es posible nada… ¿Por qué se casan todos los caballeros…?

DIONISIO. Porque ir al fútbol siempre, también aburre.

PAULA. Dionisio, enséñame el retrato de tu novia.

DIONISIO. No.

PAULA. ¡Qué más da! ¡Enséñamelo! Al final lo enseñan todos...

DIONISIO. *(Saca una cartera. La abre.* PAULA *curiosea.)* Mira...

PAULA. *(Señalando algo.)* ¿Y esto? ¿También un rizo de pelo...?

DIONISIO. No es de ella. Me lo dio madame Olga... Se lo cortó de la barba, como un pequeño recuerdo... *(Le enseña una fotografía.)* Éste es su retrato, mira...

PAULA. *(Lo mira despacio. Después.)* ¡Es horrorosa, Dionisio...![10]

DIONISIO. Sí.

PAULA. Tiene demasiados lunares...

DIONISIO. Doce. *(Señalando con el dedo.)* Esto de aquí es otro...

PAULA. Y los ojos son muy tristes... No es nada guapa, Dionisio...

DIONISIO. Es que en este retrato está muy mal... Pero tiene otro, con un vestido de portuguesa, que si lo vieras... *(Poniéndose de perfil con un gesto forzado.)* Está así...

PAULA. ¿De perfil?

DIONISIO. Sí. De perfil. Así.

(Lo repite.)

PAULA. ¿Y está mejor?

DIONISIO. Sí. Porque no se le ven más que seis lunares...

PAULA. Además, yo soy más joven...

DIONISIO. Sí. Ella tiene veinticinco años...

PAULA. Yo, en cambio... ¡Bueno! Yo debo de ser muy joven, pero no sé con certeza la edad mía... Nadie me lo ha dicho nunca... Es gracioso, ¿no? En la ciudad vive una amiga que

---

10 En la «Autocrítica» a esta obra Mihura comenta que Margarita, la novia de Dionisio, «resultó ser tan cursi, que el autor, avergonzado, no se atreve a presentarla en escena en toda la obra».

se casó… Ella también bailaba con nosotros. Cuando voy a la ciudad siempre voy a su casa. Y en la pared del comedor señalo con una raya mi estatura. ¡Y cada vez señalo más alta la raya… ¡Dionisio, aún estoy creciendo…! ¡Es encantador estar creciendo todavía…! Pero cuando ya la raya no suba más alta, esto indicará que he dejado de crecer y que soy vieja… Qué tristeza entonces, ¿verdad? ¿Qué hacen las chicas como yo cuando son viejas…? *(Mira otra vez el retrato.)* ¡Yo soy más guapa que ella…!

DIONISIO. ¡Tú eres mucho más bonita! ¡Tú eres más bonita que ninguna! Paula, yo no me quiero casar. Tendré unos niños horribles… ¡y criaré el ácido úrico…![7]

PAULA. ¡Ya es de día, Dionisio! ¡Tengo ganas de dormir…!

DIONISIO. Echa tu cabeza sobre mi hombro… Duerme junto a mí…

PAULA. *(Lo hace.)* Bésame, Dionisio. *(Se besan.)* ¿Tu novia nunca te besa…?

DIONISIO. No.

PAULA. ¿Por qué?

DIONISIO. No puede hasta que se case…

PAULA. Pero ¿ni una vez siquiera?

DIONISIO. No, no. Ni una vez siquiera. Dice que no puede.

PAULA. Pobre muchacha, ¿verdad? Por eso tiene los ojos tan tristes… *(Pausa.)* ¡Bésame otra vez, Dionisio…!

DIONISIO. *(La besa nuevamente.)* ¡Paula! ¡Yo no me quiero casar! ¡Es una tontería! ¡Ya nunca sería feliz! Unas horas solamente todo me lo han cambiado… Pensé salir de aquí hacia el camino de la felicidad y voy a salir hacia el camino de la ñoñería y de la hiperclorhidria…[8]

---

7 *ácido úrico*: su exceso puede provocar reumatismo, gota, etc.
8 *hiperclorhidria*: 'acidez de estómago'. Como ha señalado A. Tordera, tanto esta enfermedad como la anterior se asocian en la literatura humorística de la época a la vida burguesa, aburrida y sedentaria.

PAULA. ¿Qué es la hiperclorhidria?

DIONISIO. No sé, pero debe de ser algo imponente… ¡Vamos a marcharnos juntos…! ¡Dime que me quieres, Paula!

PAULA. ¡Déjame dormir ahora! ¡Estamos tan bien así…!

> (*Pausa. Los dos, con las cabezas juntas, tienen cerrados los ojos. Cada vez hay más luz en el balcón. De pronto, se oye el ruido de una trompeta que toca a diana y que va acercándose más cada vez. Luego se oyen unos golpes en la puerta del foro.*)

DON ROSARIO. (*Dentro.*) ¡Son las siete, don Dionisio! ¡Ya es hora de que se arregle! ¡El coche no tardará! ¡Son las siete, don Dionisio!

> (*Él queda desconcertado. Hay un silencio. Y ella bosteza y dice.*)

PAULA. Son ya las siete, Dionisio. Ya te tienes que vestir.

DIONISIO. No.

PAULA. (*Levantándose y tirando la manta al suelo.*) ¡Vamos! ¿Es que eres tonto? ¡Ya es hora de que te marches…!

DIONISIO. No quiero. Estoy muy ocupado ahora…

PAULA. (*Haciendo lo que dice.*) Yo te prepararé todo… Verás… El agua… Toallas… Anda. ¡A lavarte, Dionisio…!

DIONISIO. Me voy a constipar. Tengo muchísimo frío…

> (*Se echa en el diván, acurrucándose.*)

PAULA. No importa… Así entrarás en reacción… (*Le levanta a la fuerza.*) ¡Y esto te despejará! ¡Ven pronto! ¡Un chapuzón ahora mismo! (*Le mete la cabeza en el agua.*) ¡Así! No puedes llevar cara de sueño… Si no, te reñiría el cura… Y los monaguillos… Te reñirán todos…

DIONISIO. ¡Yo tengo mucho frío! ¡Yo me estoy ahogando…!

PAULA. Eso es bueno… Ahora, a secarte… Y te tienes que peinar… Mejor, te peinaré yo… Verás… Así… Vas a ir muy guapo, Dionisio... A lo mejor ahora te sale otra novia... Pero... ¡oye! ¿Y los sombreros de copa? *(Los coge.)* ¡Están estropeados todos...! No te va a servir ninguno... Pero ¡ya está! ¡No te apures! Mientras te pones el traje yo te buscaré uno mío. Está nuevo. ¡Es el que saco cuando bailo el charlestón...!

> *(Sale por la puerta de la izquierda.* DIONISIO *se esconde tras el biombo y se pone los pantalones del chaqué. En seguida entra por el foro* DON ROSARIO, *vestido absurdamente de etiqueta, con el cornetín en una mano y en la otra una gran bandera blanca. Y mientras habla, corre por la habitación como un imbécil.)*

DON ROSARIO. ¡Don Dionisio! ¡Don Dionisio...! ¡Tengo todo preparado! ¡Dése prisa en terminar! ¡Está el pasillo adornado con flores y cadenetas![9] ¡Las criadas tienen puesto el traje de los domingos y le tirarán confeti!... ¡Los camareros le tirarán migas de pan! ¡Y el cocinero tirará en su honor gallinas enteras por el aire!

DIONISIO. *(Asomándose por encima del biombo.)* Pero ¿por qué ha dispuesto usted eso...?

DON ROSARIO. No se apure, don Dionisio. Lo mismo hubiese hecho por aquel niño mío que se ahogó en el pozo... ¡He invitado a todo el barrio y todos le esperarán en el portal! ¡Las mujeres y los niños! ¡Los jóvenes y los viejos! ¡Los policías y los ladrones! ¡Dése prisa, don Dionisio! ¡Ya está todo preparado!

> *(Y se va otra vez por el foro; y con su cornetín, desde dentro, empieza a tocar una bonita marcha.* PAULA *sale ahora con un sombrero de copa en la mano.)*

PAULA. ¡Dionisio...!

DIONISIO. *(Sale de detrás del biombo, con los pantalones del chaqué puestos y los faldones de la camisa fuera.)* ¡Ya estoy...!

---

9 *cadenetas*: 'tiras de papel de varios colores que sirven de adorno'.

PAULA. ¡He encontrado ya el sombrero...! ¡Ya verás qué bien te está! *(Se lo pone a* DIONISIO, *a quien le está muy mal.)* ¿Lo ves? ¡Es el que te sienta mejor...!

DIONISIO. ¡Pero esto no es serio, Paula! ¡Es un sombrero de baile...!

PAULA. ¡Así, mientras que lo tengas puesto, pensarás cosas alegres! ¡Y ahora, el cuello! ¡La corbata!

(Empieza a ponérselo, todo muy mal.)

DIONISIO. ¡Paula! ¡Yo no me quiero casar! ¡Yo no voy a saber qué decirle a ese señor centenario! ¡Yo te quiero con locura...!

PAULA. *(Poniéndole el pasador del cuello.)* Pero ¿estás llorando ahora...?

DIONISIO. Es que me estás cogiendo un pellizco...

PAULA. ¡Pues ya está! *(Termina. Le pone el chaqué.)* Y ahora el *chaqué...* ¡Y el pañuelo en el bolsillo! *(Le contempla, ya vestido del todo.)* Pero ¿y la camisa ésta? ¿Se llevan así en las bodas...?

DIONISIO. *(Ocultándose tras el biombo para meterse la camisa.)* No. Si es que...

PAULA. ¿Cómo es una boda, oye? ¿Tú lo sabes? Yo no he ido nunca a una boda... Como me acuesto tan tarde, no tengo tiempo de ir... Pero será así... ¡Sal ya! (DIONISIO *sale, ya con la camisa en su sitio.)* Yo soy la novia y voy vestida de blanco con un velo hasta los pies... Y cogida de tu brazo... *(Lo hace. Y se pasean por el cuarto.)* Y entraremos en la iglesia... así.... muy serios los dos... Y al final de la iglesia habrá un cura muy simpático, con sus guantes blancos puestos...

DIONISIO. Paula... Los curas no se ponen guantes blancos...

PAULA. ¡Cállate! ¡Habrá un cura muy simpático! Y entonces le saludaremos... «Buenos días. ¿Está usted bien? Y su familia, ¿está buena? ¿Qué tal sigue el sacristán? Y los monaguillos,

¿están todos buenos...?» Y les daremos un beso a todos los monaguillos...

DIONISIO. ¡Paula! ¡A los monaguillos no se les da besos...!

PAULA. *(Enfadada.)* ¡Pues yo besaré a todos los monaguillos, porque para eso soy la novia y puedo hacer lo que quiera...!

DIONISIO. Es que... tú no serás la novia.

PAULA. ¡Es verdad! ¡Qué pena que no sea yo la novia, Dionisio...!

DIONISIO. ¡Paula! ¡Yo no me quiero casar! ¡Vámonos juntos a Chicago...!

DON ROSARIO. *(Dentro.)* ¡Don Dionisio! ¡Don Dionisio...!

DIONISIO. ¡Escóndete...! ¡Es don Rosario! ¡No debe verte en mi cuarto!

(PAULA se esconde tras el biombo.)

DON ROSARIO. *(Entrando.)* ¡Ya está el coche esperándole! ¡Salga pronto, don Dionisio! ¡Es una carroza blanca con dos lacayos morenos! ¡Y dos caballitos blancos con manchas café con leche! ¡Vaya caballitos blancos! ¡Ya las criadas están tirando *confetti*! ¡Y los camareros ya tiran migas de pan! ¡Salga pronto, don Dionisio...!

DIONISIO. *(Mirando hacia el biombo, sin querer marcharse.)* Sí..., ahora voy...

DON ROSARIO. ¡No! ¡No! Delante de mí... Yo iré detrás ondeando la bandera con una mano y tocando el cornetín...

DIONISIO. Es que yo... quiero despedirme, hombre...

DON ROSARIO. ¿Del cuarto? ¡No se preocupe! ¡En los hoteles los cuartos son siempre iguales! ¡No dejan recuerdos nunca! ¡Vamos, vamos, don Dionisio...!

DIONISIO. *(Sin dejar de mirar al biombo.)* Es que... (PAULA *saca una mano por encima del biombo, como despidiéndose de él.)* ¡Adiós...!

Don Rosario. *(Cogiéndole por las solapas del chaqué y llevándoselo tras él.)* ¡Viva el amor y las flores, capullito de azucena!

> *(Y ondea la bandera.* Dionisio *vuelve a despedirse con la mano. Y también* Paula. *Y* Don Rosario *y* Dionisio *desaparecen por el foro.* Paula *sale de su escondite. Se acerca a la puerta del foro y mira. Luego corre hacia el balcón y vuelve a mirar a través de los cristales. Después se vuelve. Ve los tres sombreros de copa y los coge... Y de pronto, cuando parece que se va a poner sentimental, tira los sombreros al aire y lanza el alegre grito de la pista:* ¡Hoop! *Sonríe, saluda y cae el*

TELÓN

ESTUDIO
DE LA OBRA

DOCUMENTOS

1

RENOVACIÓN DEL TEATRO CÓMICO

1.1 Una comedia original e intuitiva

«Mi primera obra *Tres sombreros de copa* la había escrito con facilidad, con alegría, con sentimiento. Me había encontrado a mí mismo, lo contrario que me había ocurrido con el dibujo y la literatura de humor, géneros en los que en mis principios había sufrido mil influencias. En esta obra, no. Aquel estilo era el mío propio y yo sabía muy bien que no estaba influido por nadie; que escribía lo que sentía; y que las palabras necesarias para expresar aquello que sentía fluían de mi pluma sin ningún esfuerzo, espontáneas, con emoción, con garbo, con vida propia, con ritmo y hasta con una cadencia especial que sonaba a verso.»

> Miguel Mihura, «Introducción» a *Tres sombreros de copa* y *Maribel y la extraña familia*, Castalia, Madrid, 1989, p. 14.

1.2 Obra adelantada a su tiempo

«En 1932 *Tres sombreros de copa* [...] era en España un comienzo absoluto, no una continuidad de algo precedente, y suponía una ruptura con el teatro cómico anterior, ruptura iniciada por Jardiel, pero de ningún modo cumplida como Mihura lo hacía en su obra. [...] Que *Tres sombreros de copa* no se representara a poco de haber sido escrita es un hecho lamentable que retrasó el nacimiento oficial y eficaz de un nuevo teatro de humor, y muestra patentemente el provincianismo mental y estético de los responsables —actores, directores y empresarios— de tal retraso, los cuales, como siempre, se escudaron en la falta de preparación del público, poniéndose de manifiesto, una vez más, su servidumbre a lo consagrado y al éxito comercial, su total ausencia de inquietud artística y su inhibición a cuanto significara novedad, originalidad y renovación.»

Francisco Ruiz Ramón, *Historia del teatro español. Siglo XX*, Cátedra, Madrid, 1981, p. 322.

1.3 Una mirada humorista al vivir cotidiano

«La libertad creadora de Mihura, su constante abundamiento en la no sujección a normas, escuelas, grupos o prejuicios estéticos establecidos, le permite descubrir con facilidad que el mundo de las limitaciones, el mundo de lo *sabido*, provoca situaciones incongruentes; le hace comprender que explotando estas situaciones, generalmente grotescas, se llega a la desnudez del mismo, y se podrá ver con toda claridad su oculta o disimulada verdad. [...] A través de unas aventuras, en parte descabelladas, en parte totalmente lógicas, se está llegando a la raíz de irracionalidad en la que el hombre vive diariamente. [...] Mihura se acerca a un orden de cosas caduco con una actitud desenfadada que se convertirá en abierta crítica al emplear el humor; un humor que no tiene nada que ver con lo cómico al uso. Un humor que conlleva una poderosa carga de seriedad.»

J. Rodríguez Padrón, «Introducción» a *Tres sombreros de copa*, Cátedra, Madrid, 1981, pp. 39-40.

1.4 Humor inconformista

«Cuando asistimos a una representación de una obra de Miguel Mihura con el propósito de reírnos es porque apreciamos la risa como un valor positivo. Es que nos liberamos espiritualmente, por lo menos durante dos horas, de la coacción que sobre nosotros ejerce el grupo social en que vivimos. Es que podemos protestar sin peligro contra muchas cosas que nos disgustan de la sociedad. Los sistemas excesivamente consolidados, la jerarquía demasiado rígida de valores morales, sociales y religiosos nos agobia a veces en demasía.»

Enrique Llovet, «El humor en el teatro de Mihura», en VV.AA., *El teatro de humor en España*, Editora Nacional, Madrid, 1966, p. 210.

2

TEMAS

2.1 Rechazo a los convencionalismos y búsqueda de la autenticidad

«El debate contenido en *Tres sombreros de copa* gira en torno a la libertad del individuo enfrentado a los condicionamientos de las imposiciones sociales; en el deseo de la persona por hallar una vía de existencia que no implique sumisión rendida a los convencionalismos de un sistema que, al tiempo de absorberlo, le dicta todas y cada una de las maneras que en todo momento ha de revestir tal integración. [...] Esa libertad ofrecida a Dionisio, esa posibilidad de renunciar al tópico y a lo trillado, es principal clave significativa de la comedia, su sentido profundo. Una libertad conquistable por el camino de la automarginación; malograda por la integración rutinaria en el grupo social de los acomodados.»

Emilio de Miguel, *El teatro de Miguel Mihura*, Universidad, Salamanca, 1979, pp. 31-32.

2.2 La libertad imposible: alienación del individuo

«En esa habitación y durante una noche se enfrentan ambos mundos y nace y muere el amor de Dionisio y Paula. Dionisio hace la experiencia de la libertad, de una libertad paradisíaca, más allá de toda convención y de toda norma, para renunciar irremediablemente a ella y regresar, deslumbrado aún, pero impotente, a la falsedad del universo de la norma y la convención, establecido, fijado y aceptado como único posible. [...] Al renunciar Dionisio a la libertad redescubierta del ser humano, reingresando en el orden común establecido, queda consolidada la alienación.»

Francisco Ruiz Ramón, *Historia del teatro español. Siglo XX*, pp. 326-327.

2.3 Crítica al matrimonio convencional

«*Tres sombreros de copa*, con un protagonista de la misma edad y en el mismo dilema que Mihura, le sirve a éste para "desprenderse" del posible disgusto originado por la boda frustrada de nuestro autor con "la hija del director de la fábrica de jabones La Toja". Y Mihura resuelve el dilema de Dionisio, y al parecer el suyo propio, construyendo *Tres sombreros de copa* como un implacable ataque contra el matrimonio convencional y sometiendo sin piedad al protagonista, "más grotesco que nunca", a un proceso de ridiculización y cobardía, con el que, como dirá el autor en 1952 —no importa con qué grado de propia identificación—, "más tontamente se malogra, para toda la vida, una estupenda felicidad".»

> Antonio Tordera, «Introducción» a *Tres sombreros de copa*, Espasa Calpe, Madrid, 1996, p. 31.

2.4 Crítica al provincianismo

«Nos encontramos en una capital de provincia, claro está: el reino de los convencionalismos, de lo tradicional, de —usamos un título de Luis Taboada— lo cursi. Es el término medio necesario para que se produzca esta tragicomedia, que sería imposible (por opuestas razones, naturalmente) tanto en Madrid como en un pueblo. [...] En Madrid, fuese cual fuese la fecha en que se sitúa la comedia (cosa que Mihura se guarda muy bien de precisar), sería inverosímil una sociedad tan dormida, como encerrada en un fanal de vidrio. En un pueblo existiría inevitablemente un contacto más directo con la naturaleza, con lo vital y hasta bronco. La capital de provincia, así pues, es el término medio necesario.»

> Andrés Amorós, Marina Mayoral y Francisco Nieva, «*Tres sombreros de copa* (1952), de Miguel Mihura», en *Análisis de cinco comedias*, Castalia, Madrid, 1977, p. 22.

3

PERSONAJES

Bailarinas y «fuerzas vivas»

«Estamos ahora en una capital dormida de provincia, con su seriedad mostrenca. [...] Han llegado unas bailarinas a inaugurar un teatro. Son más bellas y jóvenes que bailarinas. Se supone que llevan vida ligera, alegre. La honradez de las mujeres en la provincia es de muchos quilates y la libídine provinciana ruge. Se concentran en el hotel de "las artistas" las "fuerzas vivas" de la capital. ¿Cuáles son, para Mihura, las "fuerzas vivas"? El anciano militar, el cazador astuto, el romántico enamorado, el guapo muchacho, el alegre explorador y el odioso señor, que es el señor más rico de toda la provincia. O sea, el militar, el cazador, el cursi, el guapo, el excéntrico y el rico. Y, con éstos, una serie de borrosos comparsas.»

> Medardo Fraile, «Teatro y vida en España. *La corbata, La camisa* y *Tres sombreros de copa*», *Prohemio*, I, 2 (1970), p. 267.

4

TEATRO DEL ABSURDO

Mihura y el teatro del absurdo

«Si cotejamos las primeras comedias de Ionesco o Beckett con los primeros frutos dramáticos de Mihura, advertimos ciertas concordancias de forma y fondo y un uso similar de ciertos recursos que permite, desde luego, emparentar a los tres autores. El libérrimo uso del lenguaje que en ellos observamos obedece a idéntico deseo de ridiculizar al hombre contemporáneo en lo que tiene de alienante sumisión a unos modos de comportamiento que le han sido impuestos. […] Ionesco y Beckett usan el teatro como modo de expresar una ideología o, si se quiere, un sentimiento existencial. […] En Mihura es inverso el orden de valores: el hecho teatral es el objetivo propuesto, no un medio que deba acomodarse para expresar con propiedad su personal ideología. [Los personajes de Ionesco y Beckett] dan la impresión de dramatizar ideas filosóficas apriorísticas; los de Mihura, vivencias.»

> Emilio de Miguel, *El teatro de Miguel Mihura*, Universidad, Salamanca, 1979, pp. 169-174.

A NÁLISIS

1

ARGUMENTO, ESTRUCTURA Y SENTIDO

1.1 La estructura de *Tres sombreros de copa* es la de una obra de teatro tradicional: tres actos, que se corresponden temáticamente con el planteamiento, nudo y desenlace. El **planteamiento**, pues, coincide con el **ACTO PRIMERO**. Mihura presenta a los protagonistas y entrecruza sus vidas.

a ¿En qué consiste la vida de soltero de **Dionisio**? ¿Cómo es su noviazgo con Margarita? ¿Está enamorado de ella? (pp. 9-10 y 15) ¿Qué parece valorar de su novia? (p. 10)

Dionisio se acuesta con el convencimiento de que su vida está perfectamente trazada y está deseoso de que pase esa última noche de soltero, que considera «vacía», como un trámite innecesario. En ese momento, **Paula** irrumpe inesperadamente en su habitación.

b ¿Qué impresión le produce Paula? ¿Por qué se siente tan azorado? ¿Qué es lo que desencadena el equívoco sobre su profesión? (pp. 17-19) ¿Cómo reacciona al ser confundido con un malabarista? ¿Por qué oculta su identidad y, en cambio, construye una nueva?

Dionisio se asombra de que Paula, una muchacha huérfana y sin hermanos, viaje sola «con su novio y con esos señores» (p. 21); más tarde se maravilla de ver fumar a Fanny (p. 29).

c A partir de éstas y de otras observaciones, ¿qué tipo de educación crees que ha recibido Dionisio?

Fanny, la mujer barbuda y las demás «alegres» chicas del ballet completan el aire frívolo y desenfadado que se va apoderando de la habitación de Dionisio.

d ¿Cómo se desenvuelve Dionisio en ese ambiente? ¿Qué es lo que provoca sus disparatadas salidas? ¿Por qué no desentonan? ¿En qué consiste el absurdo de estas escenas?

e ¿Por qué no se atreve a coger el teléfono las veces que suena o bien responde desde lo descabellado de su situación? ¿Cómo reacciona ante la imprevista entrada de don Rosario? (pp. 32-34) ¿Por qué le oculta que ha conocido a los del *music-hall* y, a la vez, continúa la farsa con éstos? ¿De qué tiene miedo?

Cuando parece que todos se han ido ya —don Rosario y los de la compañía—, de pronto, Dionisio **tiene que decidir** entre responder a la llamada de Margarita o aceptar la invitación de Paula (p. 36).

f ¿Qué le sugiere a Dionisio cada una de esas 'llamadas'? ¿Ha cambiado su opinión sobre las gentes del teatro? ¿Qué le impulsa a decidir?

Con la habitación sola y el teléfono sonando concluye el planteamiento de la acción.

g ¿Qué efecto dramático produce el final de este acto?

1.2 En el **ACTO SEGUNDO**, en medio de la fiesta nocturna, Dionisio y Paula se enamoran. Ambos quieren escapar a los condicionamientos de sus respectivos mundos, y un poco como juego infantil, se ilusionan en un proyecto común, desinhibiendo sus impulsos de **amor** y **libertad**. Pero apenas iniciado, su **idilio** es bruscamente interceptado por la cruda realidad. La larga acotación inicial nos sitúa en «un raro ambiente de juerga».

a ¿Por qué es importante que hayan transcurrido las dos horas a las que se refiere la acotación desde el final del primer acto? ¿Qué valor simbólico cabe atribuir al desorden que reina en la habitación de Dionisio?

b ¿Qué ves de absurdo, desquiciado o inverosímil en estas primeras escenas?

Dionisio, borracho y aturdido, está completamente desbordado por la situación, que vive como en un **sueño**. Poco a poco siente nacer en él unas **emociones** desconocidas y unos extraños impulsos.

> **c** ¿Cómo se siente Dionisio? (pp. 43-44) ¿Qué dos 'fuerzas' se oponen en su interior? ¿De qué tiene miedo? (p. 42) ¿Es el mismo miedo al que se refiere Paula en la p. 60?

> **d** ¿Qué hay de cómico en los piropos que Paula y Dionisio se cruzan en su breve conversación? (p. 42) Su enamoramiento, ¿está aureolado de romanticismo?

Durante las dos horas que Dionisio duerme se suceden escenas importantes para desenmascarar el fondo de las relaciones entre los invitados a la fiesta y las chicas del *music-hall*.

> **e** ¿Cuál es ese fondo? ¿Son en verdad dos mundos antagónicos? ¿A qué se debía en realidad la intromisión de Paula en la habitación de Dionisio en el acto primero?

> **f** ¿Cómo reacciona Buby al descubrir que Paula se siente atraída por Dionisio? ¿Cómo es realmente la vida de esas bailarinas? ¿Qué buscan en el mundo del teatro? ¿Cuál es su extracción social? (pp. 45-49)

Tras las violentas escenas de Paula con Buby y con El Odioso Señor, Dionisio reaparece en escena, despierto ya y aparentemente sereno (p. 60). Paula, que lo siente «diferente» a los demás, **se sincera** con él y le muestra sus **ilusiones**.

> **g** ¿Cuáles son los sentimientos de Paula? ¿Qué espera encontrar en Dionisio? ¿De quiénes lo considera «distinto»?

> **h** ¿Cómo reacciona Dionisio ante las palabras de Paula? ¿Qué está haciendo mientras Paula habla? (pp. 61-62) ¿Qué denota esa actitud de Dionisio? ¿Resulta cómica?

Poco a poco, los **sueños** infantiles de Paula cautivan a Dionisio y hacen renacer en él sentimientos ya casi olvidados.

> **i** ¿Cuáles son esos sentimientos? ¿Qué es lo que le recuerda «su» realidad? (p. 62) ¿Cómo reacciona ante esas nuevas advertencias? El relato que Dionisio hace de sus habilidades, ¿en qué medida crees que contribuye al enamoramiento y entrega de Paula?

Asustado por la inminencia del amanecer, y deslumbrado aún por el horizonte recién descubierto, Dionisio se recompone y **rechaza la tentación**, pero Paula, amorosa y seductora, vence su resistencia ofreciéndole un beso (p. 66). El golpe de Buby a Paula paraliza brutalmente el sueño.

 ¿Cómo reacciona Dionisio ante el cuerpo caído de Paula? ¿Y ante la inesperada —e inoportuna— irrupción de «su mundo» (Margarita al teléfono y don Sacramento llamando a la puerta)? ¿Qué es lo que más le preocupa en estos momentos?

La acción, lenta al principio, se ha ido acelerando progresivamente hasta confluir en este punto los principales acontecimientos, que se interrumpen en una perfecta **suspensión** de fin de acto.

 ¿Qué conflictos dramáticos han quedado planteados en este punto? ¿Puede intuirse el desenlace?

1.3 El **ACTO TERCERO**, más corto que los anteriores, pone punto final al idilio. Se compone de **dos secuencias** bien distintas: regañina de don Sacramento, y último encuentro de los protagonistas. El acto continúa la acción «un minuto después» de ser interrumpida.

 ¿Qué ha ocurrido en ese escaso lapso de tiempo?

La avasalladora entrada de **don Sacramento** en la habitación de Dionisio es comparable a la de Paula en el primer acto.

b ¿Cuáles son las diferencias más acusadas entre ambas escenas? ¿Qué postura adopta Dionisio ante su futuro suegro?

En su rutinario discurso, don Sacramento elabora un disparatado 'decálogo' del buen vivir de las **personas «decentes»** (pp. 69-74).

c ¿En qué consiste ese decálogo? ¿A qué lo contrapone? ¿Qué hay de cómico, absurdo o satírico en todo ello?

d ¿Cómo se perfila la vida de casado de Dionisio? ¿Ves algún paralelismo entre don Sacramento y Buby?

Al marcharse don Sacramento, Paula, que lo ha oído todo, quiere marcharse, pero **Dionisio** trata de retenerla **sincerándose** con ella. Dionisio añade aquí otras motivaciones para su boda, que si bien no contradicen las del primer acto, ofrecen otro punto de vista más desencantado (pp. 77-78).

e ¿Estaba Dionisio enamorado de Margarita? ¿Por qué deseaba casarse con ella? ¿Qué ha significado Paula en su vida? ¿Está ahora enamorado de ella?

Las revelaciones de Dionisio (es la primera vez que se expresa con sinceridad y coherencia) **enternecen** a Paula, que adopta con él una **actitud maternal**. Dionisio, como un niño enrabietado, dice que no se casa y que se fugará con Paula, tratando de recuperar los proyectos de vida en común que ésta había esbozado en el acto segundo.

f Dionisio, ¿qué está dispuesto a hacer ahora por Paula? ¿Cómo responde Paula a los intentos de Dionisio por recomponer la ilusión? (pp. 78-79) ¿Está enamorada de Dionisio?

El dinamismo y fantasía del segundo acto han dado paso a lo real y rutinario, y un tono de **tristeza** embarga a los protagonistas, que poco a poco muestran su **desvalimiento** y su condición de **víctimas**.

g A la pregunta de Dionisio de si ha tenido muchos novios, ¿con qué amargas palabras le contesta Paula (p. 80) y qué conversación anterior te recuerdan?

Paula convence a Dionisio de que le deje ver el **retrato de su novia** (p. 81).

h ¿Cómo se completa la descripción de este ausente personaje? ¿Qué comentario, lúcido y amargo, le suscita a Paula la contemplación del retrato? (p. 82) ¿Cómo reacciona Dionisio ante esa nueva confidencia de Paula? ¿Cómo se imagina ahora Dionisio su vida de casado?

Cuando don Rosario acude a despertar a Dionisio, éste, desconcertado, afirma no querer hacer lo que le mandan.

i ¿Pero cómo reacciona Paula? (pp. 83-85)

Tras imaginar Paula cómo podría ser la boda si ella fuese la novia (pp. 85-86), Dionisio tiene un último arranque de rebeldía, pero justo en ese momento don Rosario vuelve para acompañarlo ceremoniosamente hasta la puerta del hotel.

j ¿Cómo reacciona Dionisio al oír que se aproxima? ¿A qué se debe ese brusco cambio de actitud? ¿Con qué otras situaciones anteriores se puede comparar ésta?

Sin tiempo para despedirse, los protagonistas se dicen un triste **adiós** con la mano. Una vez sola, Paula, «cuando parece que se va a poner sentimental, tira los sombreros al aire y lanza el alegre grito de la pista: ¡Hoop! Sonríe, saluda y cae el telón».

 ¿Con qué ánimo parte Dionisio hacia su boda? ¿Cómo se queda Paula? ¿Qué sentido puede tener ese lanzar los tres sombreros al aire antes de que caiga el telón?

2

PERSONAJES

2.1 La **caracterización** de los personajes es bastante esquemática y se corresponde con el planteamiento inicial de la comedia: la **confrontación de dos mundos**.

 ¿Qué dos grupos se oponen y qué rasgos los caracterizan? ¿Qué personajes pertenecen a cada grupo?

Dionisio y Paula son los **protagonistas**. Tal y como hemos estudiado en la sección «Argumento y estructura», son a la vez encarnación y víctimas de sus respectivos mundos. **DIONISIO** es el personaje central de la obra. En su configuración observamos un tratamiento complejo, a ratos ridiculizado y a ratos tratado con compasión y ternura.

 ¿Cómo es el carácter de Dionisio? ¿Dónde y cómo ha vivido? ¿Cuál es su oficio? ¿Qué visión de la vida tiene?

De la mano de Paula y durante unas horas, Dionisio descubre el absurdo de los convencionalismos sociales, la naturaleza del verdadero amor y la libertad, pero acuciado por **el qué dirán** vive en un continuo fingimiento con unos y otros.

 ¿En qué momentos se manifiesta más claramente su comportamiento contradictorio, y qué te revela éste del personaje?

Al final de la obra Dionisio parece percatarse de cuáles son sus íntimos anhelos (pp. 77-78). Pese a ello,

d ¿Cómo reacciona ante la irrupción de don Rosario? (p. 86) ¿Qué te revela dicha reacción del carácter de Dionisio? ¿Es un fracasado? ¿Cuál es, en fin, su verdadera identidad?

PAULA es el personaje más positivo de la obra, y también el más activo. Aunque forma parte del grupo, se siente diferente de los demás miembros de la compañía.

e ¿Cuáles son los rasgos más sobresalientes de la personalidad de Paula? ¿Dónde y cómo ha vivido?

f ¿En qué momentos tenemos constancia de sus desavenencias con el grupo? (pp. 20, 29 y 48-49) ¿Por qué acepta los tratos de Buby? ¿Crees que quiere cambiar de vida? ¿Cuáles son sus aspiraciones? (pp. 49, 60-61 y 86)

En un momento de la obra, Paula afirma que no se quiere casar (p. 64). Al final de la misma, sin embargo, se lamenta de no ser ella la novia de Dionisio (p. 86).

g ¿Ha cambiado de opinión sobre el matrimonio? ¿Quería casarse antes de conocer a Dionisio? (pp. 48-49, 53 y 82) ¿Por qué en ese citado momento le dice que no se quiere casar? (p. 64) ¿Por qué evita responderle a la pregunta de si le quiere? (p. 80) ¿Crees que se hubiera casado con Dionisio después de conocer su verdadera identidad? (pp. 80 y 85-86)

Frente a la inconsciencia y pasividad de Dionisio, Paula experimenta una lúcida **evolución** que acaba en una amarga **decepción**.

h Al acabar la comedia, ¿qué dura 'lección' cree haber aprendido Paula? (pp. 49, 80, 82 y 88)

2.2 El **resto de los personajes** presenta una composición mucho más esquemática y funcional, en la que se acentúan los rasgos característicos del mundo al que representan, con un claro predominio de lo caricaturesco. **MARGARITA** es el personaje que completa el **triángulo amoroso**. Únicamente la conocemos a través de lo que otros personajes dicen de ella.

a ¿Cómo la describen, respectivamente, don Rosario (p. 10), Dionisio (pp. 10-12 y 81-82) y don Sacramento? (pp. 68-69 y 76) ¿Qué opina Paula de ella? (pp. 81-82)

Como *personaje-tipo*, ¿observas algún tratamiento paródico en la presentación de Margarita? (pp. 68-69 y 77) Por su nombre y caracterización, ¿con qué tipo de personaje lo asocias?

BUBY y **LAS CHICAS DEL BALLET** son los representantes de la compañía musical ambulante, con sus 'grandezas' y sus 'miserias'. **Buby Barton**, a quien la crítica ha llamado «un burgués de la bohemia», es un personaje de cierta ambigüedad, del que nos sorprende tanto su puesta en escena (un bailarín negro completamente irreal) como su meditado comportamiento.

 ¿Qué sabemos de Buby? ¿Cuál es su origen? ¿Qué visión tiene de la vida? ¿Cómo es su carácter? ¿Qué objetos y expresiones lo caracterizan?

DON ROSARIO y **DON SACRAMENTO**, en tanto que «figurones» caricaturescos, presentan rasgos comunes en su retrato, aunque éste es diferente en cada caso.

 ¿Qué intención paródica podemos apreciar en los nombres de estos personajes?

Don Rosario, si bien acepta como válida la forma de vida que representa don Sacramento, no pertenece a su mundo.

 ¿Cuáles son los rasgos más destacados de este personaje? ¿Es un personaje positivo o negativo?

 ¿Cómo calificarías el trato que dispensa a sus huéspedes? ¿Qué apelativos cariñosos le dedica a Dionisio? (pp. 5, 7, 14, 15 y 88) ¿Con qué palabras le reprende? (pp. 4, 6 y 7) ¿Sería igualmente cómico si en lugar de ser hombre fuera mujer? ¿Por qué Dionisio no se sorprende de ese trato?

Don Sacramento es un personaje claramente satirizado, sin apenas resquicios de humanidad.

 ¿Qué posición social ocupa el personaje? (p. 10) ¿Qué valores representa? ¿Cómo describirías su comportamiento habitual? ¿Qué relación mantiene con Dionisio? (pp. 68-76)

El **GRUPO DE INVITADOS** a la fiesta representa las «fuerzas vivas» de la capital de provincias (ver documento 3). Son un grupo de personajes caricaturizados cuya función, salvo la de El Odioso Señor y la de El Anciano Militar, es meramente decorativa. **El Odioso Señor**

realiza varias funciones simultáneamente y ocupa una parte importante del segundo acto (pp. 49-58).

h ¿Cuáles son los rasgos más destacados de este satirizado personaje? ¿En qué se basa su visión del mundo y de las relaciones sociales? ¿Cuál es su moral? ¿Qué función desempeña en la obra?

EL ANCIANO MILITAR desarrolla, junto a Fanny, una trama secundaria en apariencia irrelevante. Su romance, presentado con aires de farsa de marionetas, acaba bien.

i ¿Cuál puede ser la función dramática de esta acelerada historia sentimental? ¿En qué se distingue este personaje de El Odioso Señor? ¿Guarda su historia alguna relación con la trama principal? ¿Por qué sólo conocemos su verdadero nombre en su última aparición?

2.3 Los **OBJETOS** con que se relacionan contribuyen también a perfilar el carácter de los personajes. Algunos de estos objetos tienen valor simbólico, como los **sombreros de copa** o la **carraca**.

a ¿Para qué se utiliza normalmente el sombrero de copa? ¿Posee, en sí mismo, algún valor simbólico? ¿Cuántos trae Dionisio? ¿Por qué? ¿Cómo se ve a sí mismo cuando se los pone? (pp. 10-12, 15 y 85) ¿Con cuál se casa? ¿Qué conclusiones podemos extraer de ese trasiego de sombreros?

b ¿De dónde sale la carraca? ¿Qué personajes la utilizan? (pp. 61-62, 70, 72 y 76) ¿Qué valor de la caracterización de estos personajes subraya?

3

TEMAS

3.1 Ya hemos visto que la trama de la comedia es una **frustrada historia de amor** entre dos jóvenes que pertenecen a esferas sociales distintas. Pese a su tono jocoso, al caer el telón queda un **regusto amargo** que pone de manifiesto el talante **pesimista** y **escépti-**

co de Mihura; aunque ha descubierto lo absurdo de su vida convencional y rutinaria, Dionisio no altera sus planes ni por Paula ni por lo que ella significa. Todo sigue igual que al comienzo de la acción.

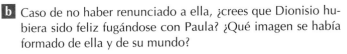 ¿Cuál crees tú que es la causa principal por la que Dionisio se resigna a su prevista infelicidad? ¿Qué pesa más, los condicionamientos sociales o el carácter de Dionisio?

El tema principal es, pues, la visión de la **libertad** y de la **felicidad** como sueños **inalcanzables**, al menos para los protagonistas: Paula y Dionisio no son felices, y aunque se enamoran y desean escapar de su entorno respectivo, su unión parece irrealizable porque en el fondo conciben la vida de forma diferente.

 Caso de no haber renunciado a ella, ¿crees que Dionisio hubiera sido feliz fugándose con Paula? ¿Qué imagen se había formado de ella y de su mundo?

c ¿Crees que Paula hubiera sido feliz con Dionisio? ¿Qué hubiera hecho posible la felicidad de los protagonistas?

3.2 Contribuyen a configurar el tema de fondo una serie de temas secundarios claramente definidos. El primero de ellos es el aparente **enfrentamiento entre dos concepciones de vida**, la de la **burguesía provinciana** y la de la **farándula** itinerante. A primera vista, ambos mundos parecen antagónicos e incompatibles.

 Señala sus diferencias más notorias.

Sin embargo, bajo su apariencia externa, ambos colectivos esconden una realidad mucho menos 'presentable'.

b Señala ahora el trasfondo, o realidad oculta, de ambos grupos. ¿Qué tienen en común a la hora de concebir el mundo y las relaciones sociales? ¿Cuáles son, pues, las auténticas diferencias?

Aunque el escepticismo se hace extensivo a todos, Mihura **critica** particularmente el **provincianismo**, es decir, los prejuicios, amaneramientos y tópicos de la 'buena' sociedad de provincias (ver documento 2.4).

 Enumera los defectos que, a juicio del autor, son más reprochables de ese círculo social. Puedes basarte en el plan de vida de Dionisio antes de conocer a Paula y sus razones para casarse, en las alusiones a Margarita, en el 'discurso' de don Sacramento (acto tercero) y en el asombro de Dionisio ante la gente del *music-hall* y sus temores a ser descubierto.

La **crítica al matrimonio convencional** es otro tema destacado, acaso el de mayor contenido autobiográfico (ver documento 2.3). En la obra se contraponen dos maneras de entender el matrimonio, una, encarnada por la inminente boda de Dionisio, y otra, sugerida por las ensoñaciones de Paula.

d Contrasta ambas maneras y enumera sus diferencias: razones de Dionisio para casarse (pp. 9-10, 15 y 77-78) y futuro que le espera (pp. 69-73); fantasías de Paula (pp. 53 y 85-86).

Perfilados así los temas, la obra se presenta en su conjunto como una **crítica a la inautenticidad**, a un vivir mecánico e insustancial, regido por absurdas convenciones que convierten al hombre en un simple monigote sin sueños ni voluntad (ver documentos 2.1 y 2.2).

e ¿Sostiene Mihura que es imposible que el individuo escoja su forma de vida? ¿Lo plantea como una cuestión personal o social? ¿Cuál crees que es el 'mensaje' de la comedia?

4

TIEMPO Y ESPACIO. ATREZO

4.1 La acción se presenta siguiendo un **orden cronológico lineal**, sin saltos ni retrocesos temporales. A su vez, el **TIEMPO DE LA ACCIÓN** es muy restringido: dura, aproximadamente, unas **nueve horas** y está cuidadosamente indicado (pp. 3, 11, 12, 15, 37, 65, 66, 68, 76, 82 y 83).

 Anota algunas de esas referencias. ¿Qué referencia histórica permite situar la comedia en una época concreta?

Durante la fiesta los protagonistas viven en un ambiente de irrealidad en el que la **noción del tiempo** y la perspectiva normal de las cosas están como interrumpidos, fuera de sus coordenadas habituales.

¿En qué momento Dionisio vuelve a cobrar conciencia del paso del tiempo? (pp. 65-66) ¿Qué valor simbólico cabe atribuir a que la acción transcurra por la noche y concluya al amanecer?

 El **ESPACIO** en el que se desarrolla la acción es único y absolutamente convencional: la habitación del hotel donde Dionisio va a pasar su última noche de soltero.

 Si tenemos en cuenta las sucesivas transformaciones de esa habitación, ¿con qué espacio del mundo del espectáculo podemos compararla?

Los **elementos escénicos del decorado** son, asimismo, de una extrema funcionalidad, de modo que ninguno de ellos es gratuito, sino que cumplen un cometido específico en la trama. Algunos, además, tienen un **valor simbólico**.

 ¿Qué elementos contiene la habitación de Dionisio (pp. 3, 5, 24, 37, 69-70 y 86) y qué uso se hace de ellos en la obra?

 Señala las veces que se utiliza la puerta del foro y quién entra por ella. Haz lo mismo con la puerta del lateral izquierdo y anota el tiempo en que ésta permanece abierta. ¿Podemos atribuir un valor simbólico al uso de ambas puertas?

El **teléfono** es otro elemento importante del decorado. Desde la primera aparición de este artilugio, en que Dionisio celebra su incorporación al mobiliario (p. 7), hasta el momento en que, aturdido, arranca el cordón y lo utiliza como un fonendoscopio (p. 67), se usa un total de cinco veces.

 Localiza estos pasajes (pp. 11, 24-25, 30-31, 36 y 67) y señala la progresión que el teléfono adquiere en la consideración de Dionisio, desde simpático adelanto, hasta elemento perturbador y máquina de tortura.

Junto al espacio visible, hay otros **espacios aludidos**, algunos meramente funcionales y otros con valor simbólico.

 Describe el hotel (pp. 3, 7 y 70), la ciudad (pp. 3-5, 9 y 20) y el pueblo donde está destinado Dionisio (pp. 9 y 78).

 ¿Cómo te imaginas la casa de Margarita? (pp. 69-73)

5
GÉNERO LITERARIO

Mihura no quiso hacer una comedia al uso, sino una pieza que mantuviera un difícil **equilibrio entre lo sentimental y lo burlesco**, de ahí los inesperados **cambios de tono** con que se interrumpen escenas líricas o dramáticas mediante *gags* o bien se pasa a otras puramente caricaturescas o de comicidad simple.

a Señala escenas en que alternen el lirismo y la comicidad.

b ¿Qué mecanismos utiliza el autor para 'alejarnos' sentimentalmente de los protagonistas, es decir, para que no nos identifiquemos con ellos y conservemos la mirada crítica sobre lo que estamos presenciando? ¿Cómo evita que los veamos únicamente como peleles y nos riamos, sin más, de ellos?

Bajo su estructura de «**comedia con final triste**», *Tres sombreros de copa* incorpora ingredientes de distintas procedencias, lo que ha provocado que la crítica la catalogara de distintas maneras: **tragicomedia**, **farsa**, **farsa tragicómica**, etc.

c ¿Qué tiene en común con la farsa? ¿Y con el *music-hall*? ¿Qué actos o escenas te parecen más propios de la farsa? ¿Cuáles del drama sentimental? ¿Y con el circo?

d ¿Te parece acertado definirla como una comedia de enredo? ¿Qué le añadirías o quitarías a esta definición?

6
HUMOR Y COMICIDAD

6.1 El **humor** de Mihura fue, en su tiempo, **innovador** y **desconcertante**. Continuamente provoca la carcajada pero no permite que ésta fluya alegremente (humor *blanco*), sino que la contiene, mostrando al mismo tiempo el lado serio de la situación. Aunque no pretende ser corrosivo (humor *negro*), tampoco escatima lo sórdido ni dulcifica la realidad: su mirada escéptica pone en solfa nuestros convencionalismos y nos hace reflexionar sobre ellos, subrayando la inautenticidad de nuestras vidas (ver documentos 1.2 y 1.3).

 Al leerla, ¿qué es lo que más te ha sorprendido de *Tres sombreros de copa*?

Su deseo de mostrar la realidad desde otra óptica le lleva a romper con los acostumbrados planteamientos realistas mediante **razonamientos inesperados** y **conversaciones disparatadas**, que, no obstante, tienen su propia 'lógica' y los personajes la aceptan con absoluta normalidad, sin asombrarse de ello. Así ocurre, por ejemplo, en la primera conversación entre Paula y Dionisio, en que éste se inventa que todos sus familiares han sido artistas.

 Señala el absurdo encadenamiento 'lógico' con que Dionisio evita hablar con su novia cuando ésta le llama por teléfono, y las esquivas respuestas que da a Paula sobre quién ha llamado (pp. 24-25).

 Haz lo mismo con los razonamientos con que Dionisio quiere convencer a Paula para fugarse y la 'lógica' con que ésta desinfla sus argumentos (p. 79).

6.2 Lo más destacado del **lenguaje cómico** de Mihura es la búsqueda constante del **efecto sorpresa**, logrado, casi siempre, por la **ruptura inesperada de clichés y tópicos**. Con frecuencia se trata de una ruptura **irracional**, consistente en 'descolocar' frases hechas o esquemas preestablecidos que, en una nueva situación, resultan completamente vacíos. Así, Dionisio no sabe cómo comportarse con las gentes del *music-hall*, y cuando tiene que intervenir sólo se le ocurren los anodinos estereotipos que habitualmente se utilizan en las conversaciones de circunstancias. Ése es el caso, por ejemplo, cuando, para romper el hielo, le pregunta a Buby «¿Y hace mucho tiempo que es usted negro?» (p. 22) y sigue con una descacharrante serie de frases hechas.

 Señálalas.

 Subraya el tópico con que Dionisio responde a Paula sobre si alguien se puede enamorar de un negro (p. 26) o a Fanny sobre si le aplauden en su actuación (p. 30).

Otras veces el **encadenamiento irracional** lo provoca la propia inercia de una enumeración que acaba en algo descabellado, como en la desternillante parodia con que Dionisio describe la metódica vida de las casas de huéspedes, en que todos los utensilios están marcados con la inicial del cliente... ¡hasta el mondadientes! (p. 9).

 Indica los elementos descabellados de las dos enumeraciones pronunciadas por don Rosario en la p. 84.

Con frecuencia, situaciones graves son **desdramatizadas** cómicamente. Uno de los recursos utilizados para ello es la aparición inesperada de palabras o frases **inadecuadas** para la situación, como la onomatopeya infantil «¡pin!» para evocar la trágica caída del hijo de don Rosario en el pozo (p. 8), que, además, junto a la frase explicativa, se repite tres veces (pp. 8 y 14), lo que provoca un sorprendente efecto **tragicómico**.

d Señala con qué repetición se pasa de la gravedad a la comicidad abierta en el mutis de Buby y Paula en presencia de Fanny y Dionisio (p. 28).

En ocasiones el **quiebro desdramatizador** consiste en interrumpir bruscamente una situación lírica o sentimental mediante una afirmación realista que provoca la risa, como cuando Paula, triste y poética, se pregunta quién será el que apaga las lucecitas del puerto y Dionisio contesta que el farorelo (p. 80).

e Señala este mismo efecto sorpresa en la respuesta de Dionisio cuando Paula, creyendo que es por ella, le pregunta si está llorando (p. 85) o, páginas atrás, cuando contesta por qué se casan todos los caballeros (pp. 80-81).

La **parodia** o imitación burlesca es, cómo no, un recurso frecuente en la obra. Uno de los aspectos más ridiculizados es el **lenguaje cursi**, como vemos en el ñoño amaneramiento con que Dionisio y don Rosario hablan de Margarita y su familia (pp. 10-11).

f Subraya las cursilerías de la conversación telefónica entre Dionisio y Margarita (pp. 11-12).

g ¿Qué se parodia y de qué modo en la descripción que hace don Sacramento del «disgusto» de Margarita? (p. 68)

En varias ocasiones la **burla de lo cursi** es bruscamente interrumpida por lo inesperado, como cuando Paula comenta a Dionisio lo fea que es Margarita y parece que éste la va a defender diciendo que tiene otro retrato en que está más favorecida... ¡porque al estar de perfil sólo se le ven seis lunares! (p. 81).

 Señala el *gag* de esta misma escena con que Dionisio desbarata la ironía de Paula sobre el rizo de pelo que lleva en su cartera (p. 81).

 6.3 Cabe destacar asimismo la **comicidad de la situaciones**. Ésta se basa también en la aparición de lo chocante o inesperado y en la **velocidad** con que se acumulan los pasajes cómicos. Así ocurre, por ejemplo, al principio del primer acto, cuando don Rosario invita a Dionisio a mirar debajo de la cama para que compruebe la calidad del parquet..., y una vez arrodillados, don Rosario encuentra una bota y, tras discutir sobre si es de caballero o de señora, le sugiere a Dionisio que se la quede y que se la guarde cómodamente en el bolsillo..., cosa que Dionisio hace (pp. 5-7).

a ¿En qué momento vuelve a aparecer la bota? (p. 28) ¿Qué hace Dionisio con ella?

Este tipo de **situaciones absurdas** llegan a ser en ocasiones francamente **desquiciadas**, como aquellas en que don Rosario procura complacer a Dionisio: le ayuda a ponerse el pijama y a cambiarle los zapatos por unas zapatillas (p. 8), o trata de adormecerle tocando una romanza con el cornetín mientras cruzan la escena otros personajes que mantienen una esporádica conversación con Dionisio, quien está acostado con un sombrero de copa (pp. 34-36). La rápida acumulación de situaciones disparatadas es la nota característica de las escenas de la juerga nocturna (pp. 38-43).

b Señala las más chocantes o divertidas.

7

COMENTARIO DE TEXTO

En la escena en que se desarrolla el **último encuentro** de los enamorados (pp. 84-86), se da un **difícil equilibrio entre lo sentimental y lo cómico**. Don Rosario ha acudido ya a despertar a Dionisio, quien se estaba cambiando de ropa tras el biombo. Paula, que ha ido a su habitación a buscar su sombrero de copa para dárselo a Dionisio, lo llama.

 ¿Qué estado de ánimo refleja la compostura de Dionisio al salir de detrás del biombo, «con los pantalones del chaqué puestos y los faldones de la camisa fuera»? (p. 84) ¿Qué significado atribuyes a sus palabras «¡Ya estoy…!»?

Paula sigue en su **papel de madre** cariñosa. Le pone el sombrero de copa y, aunque le está muy mal, lo anima diciéndole que es el que le sienta mejor de todos.

 ¿Cómo reacciona Dionisio? ¿Por qué no le parece «serio» el sombrero que le ha puesto?

Aunque torpemente y sobrecogida por la emoción, Paula continúa ayudando a vestirse a Dionisio, quien estalla en un «¡Yo no me quiero casar! […] ¡Yo te quiero con locura!».

 ¿Son sinceras sus palabras?

Paula, que le está poniendo el pasador del cuello, se **conmueve** al ver que está llorando.

 ¿Qué efecto produce la explicación de Dionisio?

A continuación Paula da rienda suelta a su **fantasía** e imagina en voz alta cómo podría ser la **boda** si ella fuese la novia.

e ¿Qué destacarías de la boda imaginada por Paula? ¿Es verosímil? ¿Por qué resultan **cómicas** algunas de sus propuestas?

f ¿Qué actitud adopta Dionisio ante esos nuevos sueños? ¿Qué rasgo de su personalidad refleja tal actitud?

Paula, enfadada por las llamadas al realismo gris de Dionisio, afirma su voluntad de belleza frente a los **convencionalismos**, a lo que Dionisio responde que, en cualquier caso, ella no es la novia.

g ¿Cómo reacciona ahora Paula al nuevo jarro de agua fría de Dionisio? ¿Cuál es el significado profundo de sus palabras?

Dionisio, afectado por las palabras de Paula, tiene un último arranque de rebeldía y exclama de nuevo «¡Paula! Yo no me quiero casar! ¡Vámonos juntos a Chicago!»

h ¿Qué tiene de **cómico** esta última frase? ¿A qué escena anterior remite? (pp. 78-79) ¿Con qué situación y personajes guarda un claro paralelismo? (pp. 59-60)

Justo en ese momento, don Rosario vuelve para acompañarlo ceremoniosamente hasta la puerta del hotel.

i ¿Cómo reacciona Dionisio al oír la voz de don Rosario acercándose a la habitación? ¿Qué es lo que más le preocupa en ese momento? ¿Con qué escena mantiene un claro paralelismo esta situación? (p. 67) ¿Qué rasgo fundamental del carácter de Dionisio denota este último movimiento reflejo?

En esta escena se acaban de perfilar algunos aspectos temáticos que han ido desarrollándose a lo largo de la obra.

j En tu opinión, ¿cuál es el tema central de esta escena?

k ¿Tienen Paula y Dionisio el mismo concepto del amor y la felicidad? ¿Qué los separa?

l ¿Dirías que, en su papel de 'víctimas', Paula y Dionisio están igualmente sojuzgados por la sociedad a la que pertenecen? ¿En qué se aprecia el **escepticismo** de Mihura?